KB141161

우리가
먼저
가볼게요

우리가
먼저
가볼게요

김하율 ———
dcdc
오정연
윤여경
이루카
이산화

이수현

SF HER STORY ANTHOLOGY

SF
허스토리
앤솔러지

에디토리얼 ———

머리글

. . . . .

곧 도착할, 지금의 우리 이야기

과학적 상상력으로 인류의 현실이 변화하기 시작하자, 인류가 상상하는 이야기도 달라졌다. 최초의 과학소설로 거론되는 메리 셸리의 『프랑켄슈타인』이 19세기 초반에 등장한 것은 우연이 아니었다. 과학혁명이 촉발한 1차 산업혁명이 마무리되던 시기였다. 그로부터 200년이 흘렀고 이제는 픽션이든 논픽션이든 과학과 떼놓고 말하는 것이 거의 불가능해졌다. 과학과 기술은 더이상 상상력을 경유하지 않고도 우리의 일상을 변화시키며, 그 과정에서 사회 문제를 해결하고 또 다른 사회문제를 야기한다. 200년 전에도 지금도 (많은) SF는 과학과 기술로 인한 세상의 변화가 무엇을 의미하는지, 무엇을 의미해야 하는지를 이야기한다. 소외된 이들의 삶과 일상이 과학과 기술을 만났을 때 벌어지는 일들에 관심을 기울인다.

2018년 여름 삼청동 과학책방 갈다에서 페미니즘 SF를 읽고 토론하는 '페미숲(SF) 갈다' 북클럽이 시작된 것 역시 그런 관심의 일환이었을 것이다. 무더웠던 여름만큼 페미니즘 SF에 대한 열정은 뜨거웠고 이 열기는 우리만의 페미니즘 SF를 만들자는 의기투합으로 나아갔다. 북클럽 멤버였던 에디토리얼 출판사 최지영 대표가 출간을 맡으면서 윤여경, 이루카 작가 등이 주축이 됐다. 김하율, dcdc, 오정연, 이산화까지 순문학 작가, 신인 작가, 남성 작가 등 다양한 정체성을 지닌 작가들이 합류했다. 그런 과정을 거쳐 수록된 작품들이 젠더와 페미니즘의 드넓은 스펙트럼을 반영하여 다양하게 빛나게 된 것은 당연한 결과였다.

반복되는 악몽을 통해 정상을 따지는 기준의 폭력성에 대해 반문하는 「나를 들여보내지 않고 문을 닫으시니라」 (이산화), 감각이 동기화되는 VR(가상현실) 접속기를 통해 장애여성과 그들의 성을 이야기하는 「나비의 경계」(이루카), 모성을 물리적으로 주입할 수 있게 된 시대의 풍경을 풍자적으로 그린 「마더 메이킹」(김하율), 독특하고 비밀스러운 구성으로 나와 너에 대한 존재와 유대, 교류를 보여주는 「눈물이 많은 거인들의 나라」(dcdc), 내 안에 존재하는 또 다른 '나'가 벌이는 사건을 통해 새로운 젠더 인식을 보여 주는 「네 번째 너」(윤여경), 그리고 화성이주 시대에도 육아를 도맡는 여성과 공고한 정상가족의 프레임이 존재하는 현실을 묘사한 「미지의 우주」(오정연)까지 페미니즘을 화두로 SF를 풀어낸 여섯 가지 시선을 확인할 수 있다. 마지막에는 이수현 작가의 소개로 페미니즘 주제별 국내외 유명 SF 작품들의 추천 목록이 이어진다.

『우리가 먼저 가볼게요』는 페미니즘 SF소설집으로는 국내 첫 시도이다. 소중한 첫걸음을 보다 많은 분들과 함께 하고픈 마음에서 출간에 앞서 텀블벅 펀딩을 진행했다. 페미니즘 SF가 더 넓게 더 멀리 갈 수 있도록 응원하고 지지해주신 소중한 후원자분들 덕분에 펀딩은 성공을 거두었고, 후원자를 대상으로 하는 북토크 행사 역시 성황리에 마무리됐다. 페미니즘 메시지에 성별에 따른 차이가 있을 수 없다는 것을 보여주기 위해 초판 1쇄에서는 작품에서 작가 이름을 가렸으며, 북토크 행사에서 이를 공개하는 이벤트도 진행되었다.

쇄를 거듭하게 되면서 새로운 서문을 쓸 필요가 제기되어 몇 가지 사실을 기록으로서 남겨 두는 것도 의미가 있으리라. 이제 작품과 작가 이름을 함께 명시할 수 있으니

독자에게 가려운 곳을 남기지 않게 되어 홀가분하다는 점. 그리고 언제나 약자 및 소수자가 소외되지 않는 세상을 꿈꾸는 페미니즘 SF가 추구하는 바를 더 충실히 반영하게 되었다는 점이다.

최근 4~5년간 한국사회에서 여성주의 혹은 페미니즘을 둘러싼 담론은 그 어느 때보다 뜨겁고 활발했으며 때때로 첨예했다. 척박한 현실과 절박한 문제제기 중 무엇이 먼저였고, 둘 중 무엇이 다른 하나를 이끌었는지는 중요하지 않다. 원하는 세상에 도달하려는 노력을 지금과 여기에서 경주해 온 모든 이들과 함께하려는 간절함으로 『우리가 먼저 가볼게요』는 기획됐다. 제목의 주어인 '우리'는 책을 만든 이들이 아닌, 책을 읽고 다른 세상을 꿈꾸는 우리 모두를 일컫는다는 것을 마지막으로 굳이 분명히 하고 싶다.

작가들의 마음을 모아 오정연, 이루카 쓰다

차례

나를 들여보내지 않고
문을 닫으시니라

이산화

고풍스러운 황동 액자로 둘러싸인 실물 크기의 사진 속에서, 그 여자는 절박한 공포로 두 눈을 휘둥그레 떠 관람객들을 정면으로 응시하고 있다. 액자 너머의 세상은 거품과 나뭇가지와 자갈이 휘몰아치는 암청색 물 밑이다. 여자의 두 손은 '숨을 쉴 수 없다'는 의미의 긴장된 제스처를 취하며 목 근처에 멈춰 있고, 다리는 물살을 딛지 못해 불안하게 허우적거리며, 호흡을 한계까지 참은 그 얼굴은 거센 흐름을 따라 휘날리는 갈색 머리로 반쯤 가려진 채이다.

　사진을 더 자세히 들여다보려 한 발짝 나아가니, 나 자신의 얼굴이 액자 유리 위에서 희미하게 어른거리는 것이 보인다. 사진 속 여자처럼 내 얼굴 또한 검은 마스크로 반쯤 가려져 있다. 주위를 둘러보며 마스크를 살며시 내리자

겁에 질린 여자의 얼굴 위로 내 얼굴이 겹쳐진다. 턱선이 겹쳐지고 눈의 위치가 겹쳐지고 두려움마저 얼굴의 같은 위치에 떠올라 있다. 머리카락과 눈의 색, 콧날의 높이와 귀의 형태 등 곳곳이 이미지 편집 프로그램에 힘입어 조금 씩 달라져 있기에 한눈에 알아보긴 불가능에 가깝겠지만 이렇게 겹쳐 보면 어렴풋하게나마 눈치를 챌 수가 있다. 급류 속에 갇힌 이 여자는 나다. 내가 이 사진의 모델이다.

관람객 한 무리가 이쪽으로 몰려오는 기척이 느껴지자, 나는 급히 마스크를 끌어 올리고서 뒤로 몇 걸음을 도망 치듯 크게 물러난다. 가슴이 볼썽사납게 고동치고 다리가 후들후들 떨린다. 익숙한 일이고, 예상했던 일이다. 내 사 진이—비록 저게 나라는 걸 알아챌 사람은 없겠지만 아무 튼—아마이젠하우펜 현대미술관 2층 홀처럼 공공연한 곳 에 큼지막하게 전시되도록 허락한 이상 감수해야 할 일이 기도 하다. 두근거리는 공황으로부터 빠져나오기 위해 심 호흡을 몇 번 하자 흔들리던 시야가 서서히 제자리를 찾아 간다. 요동치던 공기도 빙글빙글 돌던 바닥 타일도 이내 가지런히 정렬된다. 기운을 차려 고개를 들어보니 내 사진 이 조금 멀리서 이쪽을 걱정하듯 바라보고 있다. 사진 옆 가설 벽에 또렷한 글씨체로 적힌 문장이 눈에 들어온다.

"저는 홍수에 휩쓸리는 악몽밖에 꾸지 않습니다."

— 해양생물학자 T

이건 작품 제목도 아니고 해설도 아니다. 사진 자체에 대한 설명은 어디에도 붙어 있지 않아, 방금 몰려든 관람객 중 일부가 어리둥절해하는 모습이 보인다. 주변을 둘러보아도 상황은 마찬가지다. 내 사진 양옆에는 중세 기사 복장을 한 중년 남성과 흑백 영화의 여주인공처럼 연출된 젊은 여성의 사진이 간격을 두고 걸려 있지만, 역시 설명이라고는 없이 문구 한 줄씩("꿈속에서 30년 동안 대서사시가 이어지고 있습니다." - 은행원 J / "제 꿈은 언제나 흑백으로 되어 있습니다." - 대학생 N)이 전부다. 다만 각각의 문구가 적힌 벽 왼쪽으로 돌아가라는 세 갈래 관람 동선이 바닥에 화살표로 표시되어 있어, 이 사진들이 벨라스케스나 고흐의 그림처럼 개별적인 작품이 아니라 앞으로 이어질 더 큰 작품의 일부분이리라는 사실을 암시해줄 뿐이다.

그림을 감상할 줄은 알아도 이런 형태의 현대미술 전시엔 익숙하지 않은, 그러니까 나 같은 사람은 원활한 관람을 위해 약간 도움을 받을 필요가 있다. 낯선 사람들과 무리 지어 다니는 일을 꺼리지 않는다면 십오 분 후에 시작하는 도슨트 프로그램에 참여하는 것이 가장 좋은 방법이리라. 하지만 이곳에서 내가 받을 수 있는 도움은 입장할 때 주는 팸플릿이 전부이다. 손에 쥔 길쭉한 접이식 팸플릿은 식은땀이 묻어 미끈거린다. 맨 앞 장엔 검은 바탕에 단순한 흰 글씨로 적힌 전시회 제목이 선명하다.

〈꿈의 해석〉

다음 장부터 전시에 대한 설명이 아주 자세히 서술되어 있기는 하지만, 큰 도움이 될 만한 내용은 아니다. 문외한이 읽고 이해할 수 있는 글이 아니니까. 이를테면 〈꿈의 해석〉이 '기이한 꿈을 꾸는 세 사람의 실제 사례를 발견된 오브제로 삼아 재구성함으로써 그들의 꿈 각각에 환상적 개연성을 부여하는 서사 아상블라주 작업'이라고 소개하는 대목부터가 그렇다. '발견된 오브제'도 '환상적 개연성'도 '서사 아상블라주'도 무슨 뜻인지 설명이 부족한데, 이 정도는 당연히 알아야 한다는 듯 해설은 다음 문단으로 훽 넘어가버린다. 한숨을 쉬며 나는 팸플릿을 뒤집어 예술가 소개 부분을 먼저 읽기로 한다.

소개문에 따르면 이 전시를 기획한 현대미술가 P(일단은 이니셜로 적겠지만, 조금만 검색해보면 P가 누구인지는 어렵지 않게 찾을 수 있을 것이다)는 지난 10여 년 동안 여러 대담한 작품 활동을 통해 예술계에 이름을 알려온 인물이다. 예술가 여섯 명이 일본의 마을 여섯 개를 각각 자신의 작품으로 탈바꿈시키는 지자체 연계 프로젝트 〈마을: 예술이 되다〉(*Mura: Geijutsu to Naru*)에 참여해, 한적한 시골 마을 아리즈카 곳곳에 가짜 표지판을 세우고 유적지 터를 조성하여 존재하지 않았던 신비로운 고대국가와 곤충 여신의 전설을 창조해낸 것이 팸플릿에 언급된 대표적 작업. 이어서 책갈피나 빗자루 같은 일상용품에 가상의 발명가와 드라마틱한 발명 과정을 부여한 전시 〈기원설화〉(*Origin Myths*), 자신의 가계도 속 조상들이 역사 속 갖가지 미해결 범죄의 진범이었음을 각종 '증거'를 통해 고백하는 영상 연작 〈가족력〉(*A Family History*) 등이 차례로 소개된다. 자기 작업들의 공통적인 주제에 대해 P가 이런 식으로 설명했던 것이 문득 떠오른다.

"마르쿠스 뮤어러 알아요? 음, 독일 예술가고, 폐품을 모아서 사람이나 벌레 같은 모양으로 조립하는 작업을 해요. 제 작업도 비슷하지 않은가 싶어요. 실제로 있었던 대수롭지 않은 일, 마을에 있는 평범한 언덕, 어떻게 살았는지 아무도 관심 없는 먼 친족, 그런 걸 어떻게든 이어 붙여서 근사한 이야기 모양으로 만들어내는 거죠."

팸플릿의 수상 경력 위에 작게 인쇄된 사진을 보고 있으면, 어쩐지 P가 이 이야기를 나지막하고 진지한 목소리로 읊조렸을 것 같다는 잘못된 인상을 받게 된다. 검고 긴 머리를 늘어뜨린 저 고요한 인상의 옆얼굴 사진에는 그런 이미지가 어울리니까. 큰 키에 섬세하고 선뜻 다가가기 어려운 예술가… 하지만 실제로 만나보면 P는 조용하지도 않고, 키가 크지도 않으며, 자신의 작업에 대해 한껏 들뜨지 않은 목소리로 이야기하는 법도 없다. 다가가기 어렵기는커녕 자기가 먼저 남에게 달려가는 사람이다. 지금으로부터 3년쯤 전 처음으로 만났을 때도 그랬다. 오후 여섯 시즈음, 중요한 해양생물학 학회가 열리고 있던 호텔 1층의 식당에서였다.

"멋진 발표 잘 들었습니다! 혹시 그, 요각류라는 애들에 대해서 좀 더 여쭤봐도 될까요?"

맞은편 자리에 대뜸 앉으며 그렇게 질문하는 낯선 사람을 나는 의아하게 쳐다볼 수밖에 없었다. 낯선 이의 질문 자체가 이상한 건 아니었다. 액자 옆에 적혀 있던 대로 내

직업은 해양생물학자고, 당시에는 히두다이피 섬 근해의 고립 생태계(정말 흥미로우니 나중에 한번 찾아보길 바란다)를 조사하는 꽤 중요한 연구 프로젝트에 소속되어 있었으며, 그날은 학회에서 발표를 마친 참이기도 했으니까. 언제라도 질문을 받을 수 있는 상황이었던 것이다. 다만 질문자의 목에 대롱대롱 걸린 아이디카드가 아무래도 수상했을 뿐이었다. 카드에 이렇게 적혀 있었으니까.

특별 참관

예술가

학회란 기본적으로 연구자를 위한, 해당 분야 연구자밖에 관심을 갖지 않는 그들만의 이벤트다. 학계에 속하지 않은 사람이 굳이 '특별 참관'을 하는 일부터가 흔치 않을 텐데, 그것도 하필이면 예술가라니. 해양생물학 학회와 전혀 인연이 없을 직업이라는 생각에 처음에는 잘못 찾아온 사람인가 싶었지만, 그렇다고 하기엔 또 질문 내용이 정확하게 내 발표 주제(히두다이피의 고립 생태계에서 특히 번성한 요각류의 종 다양성)를 겨냥하고 있었다. 짧은 순간 내 얼굴에 떠올랐을 혼란과 의구심을 읽은 듯, 예술가 P가

웃으며 먼저 입을 열었다.

"다음 작업에 써먹으려고 좀 낯설고 신기한 이미지를 찾아다니고 있거든요. 해양생물학회에 오면 정말 기묘한 생물에 대해서 배울 수 있을 것 같아서, 참관하고 싶다고 주최측에 연락했더니 허락해주더라고요. 박사님 발표 덕분에 지금까진 아주 성공적이었는데, 여기서 조금만 더 알려주실 수 있다면 기쁘겠어요!"

그래서 어떻게 되었느냐 하면, 알려주지 않을 이유가 없었다.(많은 연구자들은 학계 외부인이 자기 연구분야에 대해 흥미를 갖는단 사실 자체를 기쁘게 생각한다.) 처음에는 히두다이피에 어떤 이상한 동물들이 서식하는지 정도의 이야기를 간단히 요약해줄 생각이었지만, P의 관심사는 독특하게 생긴 해양생물에 대한 피상적 흥미에서 그치지 않았다. 극도로 다양하게 진화한 요각류를 기존의 방법론만으로 적절히 분류할 수 있을지에 대한 물음의 경우에는 발표 후 Q&A 세션에서 받은 질문들보다도 예리하게 느껴질 정도였다. 덕분에 대화는 생각보다 훨씬 길어졌고, P의 호기심만큼이나 P에 대한 내 호기심도 점점 커져 갔으며, 호텔의 바로 장소를 옮긴 지 한 시간이 지났을 무렵 질문자는 P에서 나로 바뀌어 있었다.

"그래서 지금은 그 '바이오아트'라는 걸 구상하고 계신 건가요? 그래서 해양생물에 대해 조사하고 계셨던 거고?"

"아, 그건 아니에요. 바이오아트에 관심이 있긴 하지만 저는 에두아르도 칵이 아니니까요. 유전자 조작 형광 토끼를 만드는 건 제 작업 방향이 아니죠. 약간 피치니니 스타일을 추구한다고는 말할 수 있을지도… 요새는 꿈에서나 볼 법한 이미지들을 이렇게 찾아다니는 중이니까요."

"꿈이요?"

"잠든 뇌가 현실에서 일어난 경험과 자극을 재료로 만들어내는 비현실적 서사죠. 맞나요? 뇌신경학자들이 그러던데. 아무튼, 그런 점이 제 작업 방향과 닮았다고 오래도록 생각해 왔어요. 조만간 꽤 큰 기회가 생길 것 같은데, 그렇다면 역시 꿈을 소재로 작업해서 들고 나가야 하지 않을까, 그런 생각이죠."

그 말을 들은 순간에 거의 무의식적으로, 나는 이렇게 털어놓고 만 것이다.

"혹시 이런 얘기도 도움이 되실지 모르겠는데, 제가 정말 이상한 꿈을 꾸거든요."

돌이켜보아도 적잖이 당황스러운 일이다. 여덟 살 때 이래로 누구에게도 이야기한 적 없는 비밀을 생판 타인에게 대뜸 꺼내버리다니. 술을 두어 잔 마신 뒤였기 때문이었는지도 모르고, 어쩌면 현대미술가는 타인을 편견 없이 대하리라는 다소 실례되는 편견이 작용했는지도 모른다. 다행히도 그 편견이 적중하기는 했지만.

"항상 같은 꿈이에요. 시점이 달라지기도 하고, 시작 부분에 변주가 들어갈 때도 있지만, 끝은 언제나 같죠. 남들은 매일 밤 다른 꿈을 꾼다는 걸 한참 뒤에야 알았어요. 저는 평생 그 꿈밖에 꾼 적이 없으니까요… 홍수에 속절없이 휩쓸리는 꿈을요."

물론 P가 학계에 속한 사람이 아니었다는 사실도 간과할 수 없다. 나는 특히 연구자 동료들에게는 실수로라도 꿈 이야기를 흘리지 않도록 철저히 입단속을 해 왔으니까. 만일 당신의 몸이나 염색체나 정체성 따위가 '표준'에 들어맞지 않는다면, 적어도 다른 부분들만큼은 그 누구보다 철저히 '표준' 범주 내를 유지해야 한다. 감성적인, 비논리적인, 비과학적인 사람이라는 낙인은 나 같은 사람에게 특히 쉽게 찍히도록 되어 있다. 그렇기에 환경에 최적화된 생존전략을 따르는 건 요각류뿐 아니라 내게도 필수적인 일이다.

"처음엔 도망치려고 하죠. 도와 달라고 소리도 지르고, 건물 안으로 들여보내 달라고 문도 두드리고, 높은 곳으로 올라가려고 애도 써요. 하지만 그 무엇도 소용이 없고 비는 점점 더 많이 내려서 어느새 물이 목까지 차올라버리는 거예요. 넘어지고, 물살에 휩쓸리고, 허우적거리다가 결국 익사하려는 순간에 튕겨 나오듯이 잠에서 깨죠. 숨을 몰아쉬면서. 땀에 흠뻑 젖어서. 정말로 물에 빠졌다가 살아난 사람 같은 꼴로요."

하지만 침묵한다고 해서 엄연히 존재하는 현상이 그치는 일은 없다. 보통은 사흘에 한 번 꼴로 악몽이 찾아오고, 어떤 시기에는 한 주 내내 아무런 꿈도 꾸지 않기도 하지만, 반면 중학생 때는 거의 2주 동안이나 밤마다 비명을 지르며 일어난 적도 있었다. 3년 전 당시에는 그래도 좀 뜸한 편이었다(아마 일 때문에 툭하면 날밤을 샌 탓도 있을 것이다)—이런 불필요한 이야기까지 구구절절 다 토해내고 나서 슬쩍 눈치를 보았더니, P는 눈을 질끈 감고 미간을 찌푸린 채 깊은 생각에 잠겨 뭐라 뭐라 중얼대고 있었다.

"사례 하나, 음, 괜찮긴 해도 기획 스케일이 있어서 이거 하나로 커버하는 건 좀 무리인데, 혹시라도 둘 정도 더 찾으면… 일단 후보로는 올려 둬야지. 좋아, 뭔가 될 것도 같은데. 혹시 연락처 받을 수 있을까요?"

"어, 정말로요? 이 얘기를 쓰시게요?"

"글쎄, 아직은 저도 모르죠. 아무도 몰라요. 하지만 지금으로선 말이죠, 어쩐지 일이 커질 것 같은 나쁜 예감이 드네요!"

머리를 감싸고 장난스럽게 앓는 체를 하는 P에게 개인 메일 주소를 건넨 것이 그날 만남의 마지막이었다. 사실 정말로 연락이 오리라고는 (전혀 없었다면 거짓말이겠지만) 거의 기대하지 않았다. 야심차게 기획한 프로젝트가 제대로 진행되는 일은 어느 분야에서든 드물 테니까. 일단 고립 생태계 연구부터가 그랬다. 나올 건 다 나왔다고 생각했는지 이듬해부터 예산이 줄었고, 때문에 인원 감축이 불가피해졌으며, 급기야 실적상으론 전혀 문제가 없었을 내 계약 갱신이 엎어지고 만 것이다. 동료 중 최소 둘 이상이 내 연구를 '다소 감정적이고 편향적'이라고 보고했다는 사실은 나중에 알았다.(최적화된 생존 전략이 항상 성공한다는 보장은 없다.) 메일은 그 즈음에 갑작스레 도착했다.

(전략) 이상이 〈꿈의 해석〉 프로젝트에 대한 개략적인 소개입니다. 기획의 세부 사항, 작업 조건 및 경비 지급에 대해서는 첨부한 파일을 참고해주세요. 혹시라도 의문점 또는 제안 사항이 있

으실 경우, 회신으로 보내주시면 빠르게 답변 드리겠습니다. 함께 작업할 수 있게 되기를 진심으로 기대합니다.

NYMZA REALITY SCULPTORS

P

예술 프로젝트에 참여해 달라는 메일을 읽는 동안 내 신경이 대체로 '경비 지급'에 쏠려 있었다는 사실은 다소 부끄럽지만, 다음 일자리가 구해질 때까지 어떻게든 버텨야 하는 입장에서는 불가피한 사고방식이었다.(약속된 금액이 '양심적인 수준'을 적잖이 상회하고 있기도 했다.) 물론 실제로 결정을 내리기까지는 여러 심리적 장벽이 남아 있었다. 이 일이 앞으로의 커리어에 해가 되지는 않을까? 내 이야기가 대중에게 전시되는 상황을 과연 스스로가 버틸 수 있을까? 사진 촬영도 있을 거라는데? 그래서 먼저 메일을 통해 몇 가지 확실한 보장을 받아내기로 했고, 계약서가 이에 따라 수정되었으며, 계약금은 늦지 않게 들어왔다. 대규모 현대미술 프로젝트 참여라는 장장 2년 동안의 생소한 여정이 막을 올리는 순간이었다.

그리고 지금, 나는 여정의 최종적 결과물을 확인하기 위해 액자 앞을 지나쳐 벽 뒤쪽으로 발걸음을 옮기고 있다. 꿈을 재현한 사진 촬영은 비록 대단히 생경했을지언정 프로젝트의 첫 단추에 지나지 않는다. 수십 차례의 원격 회의와 하루에도 몇 통씩 날아오는 메일, 오늘 태어났다가 내일 버려지는 무수히 많은 아이디어들, 계획안과 스케치와 3D 도면과 샘플들…. 내 역할은 예술가보다는 소재 제공자에 가까웠지만, 그래도 토기장이의 손이 바빠지는 것을 진흙은 자연스레 느끼는 법이다. 현대미술에 조예가 없는 내가 보기에도 〈꿈의 해석〉은 간단치 않은 프로젝트였다. 짙은 푸른색 장막이 쳐진 통로(천에 요각류 무늬가 인쇄되어 있는 것이 보인다)를 따라 걸으며 나는 P의 설명을 회상한다.

"이번 프로젝트의 목적은 가장 이상하고 설명하기 힘든 꿈을 모아서, 그 꿈 하나하나에 걸맞은 환상적인 설명을 부여하는 거예요. 아뇨, 프로이트가 쓴 방식은 아니고요. 정확한 해석이라고 주장하지는 않을 거라는 점에서요. 그보다는 해석 자체를 작품으로 삼으려는 거예요. 기이한 꿈에 어울리는, 그 꿈 자체만큼이나 기이하고 놀라운, 그럼에도 내적 개연성을 갖춘 설명을 관람객들에게 제시하려는 계획인 거죠."

"조금씩 이해가 될 것도 같은데, 그런 설명을 어떻게 미술관에 전시할 수 있죠?"

"'1968년 구정 공세에서 남베트남의 미국 대사관이 게릴라들에게 습격당했다'는 설명을 어떻게 박물관에 전시할 수 있을까요? 디오라마를 제작하고, 유물을 가져다 놓고, 관련자 증언 영상이나 해설 텍스트를 적절히 비치하면 되겠죠. 우리도 똑같이 할 거예요. 미국 대사관이 용 군단에게 습격당했다고 설명하는 데에 조금 더 가깝겠지만, 적어도 방법론적으론 말이에요."

"그러니까 모든 자료를 직접 만들 거라고요?"

"일이 커질 것 같다고 했잖아요."

통로를 빠져나가면 정말로 박물관을 연상케 하는 작은 방이 나타난다. 조명은 어둡고 바닥에는 푹신한 카펫이 깔려 발소리를 빨아들인다. 관람객의 눈과 귀가 전시물에 온전히 집중되는 구조다. 중앙에는 홍수에 잠긴 대도시 디오라마(실제 지구온난화 연구가의 자문을 받아 완성되었다)가 놓여 있고, 한쪽 벽에는 내 악몽에 대한 자세한 설명이 적혀 있으며, 그 위에 설치된 모니터에는 의자에 앉아 인터뷰하는 나 자신의 뒷모습이 비친다. 변조된 목소리가 방 안을 찰랑찰랑 채운다.

"아뇨, 물에 대한 공포는 없습니다.
직업이 해양생물학자인걸요."
"몇 주 동안 배 위에서 생활한 적도 있어요.
그땐 오히려 악몽을 꾸지 않았죠."
"어째서 이런 꿈을 꾸는지 저도 전혀 모르겠어요."

　가능한 한 신원을 숨겨 달라는 요청은 예상 이상으로 철저히 받아들여졌다. 얼굴이 찍히지 않은 영상, 음성 변조, 그래픽 처리 등 모든 단계에서 P는 내게 귀찮을 만큼 철저히 확인을 구하며 작업했다.(원한다면 대리 모델을 세워도 괜찮다고 P는 말했다.) 여전히 일말의 불안감은 남아 있지만, 동시에 나는 설령 가족들이 여기에 오더라도 전시의 주인공이 나임을 알아채지 못하리라고 확신한다.

　글쎄, 가족의 시선으로부터 숨는 데에 이 정도의 안전장치까지는 필요하지 않을 것이다. 연락을 끊은 지 오래되어 지금은 내가 어떤 모습으로 사는지, 어떤 일을 하고 있는지도 제대로 알지 못할 테니까. 관람 동선을 잘 따라 걸으면 방의 세 번째 모서리에서 내 가족들의 사진과 증언을 마주치게 되지만, 내가 아는 한 P는 직접 내 가족들을 찾아간 적이 없다. "어릴 적에 물과 관련된 사고를 겪은 적은 없다"고 단언하는 아버지도, "내 어머니도 꿈을 꾼 적이 없다고 했는데, 어쩌면 가족력이 아닐까 한다"고 답하는 외할머니도. 가상의 가족들이 나에 대한 허구의 이야기를 회상하는 모습은 그리 평온하게 볼 수 있는 광경이 아니다. 속이 가볍게 울렁거리는 것을 억누르며 나는 걸음을 재촉한다.

다음 방으로 향하는 길을 표시하는 건 바닥의 화살표가 아닌 벽의 흰 선이다. 가족들의 사진으로부터 나뭇가지처럼 뻗어 나온 선은 가상의 가계도를 그리며 이어지다가, 모퉁이를 돌면 이중나선의 형태로 바뀌어서 생물학 연구실처럼 꾸며진 밝은 방의 바닥으로 흘러넘친다. 방 곳곳에 비대칭적으로 설치된 모니터에는 각각 유전자 검사 결과, 뇌 자기공명 이미지, 전문가 인터뷰, 세포분열 영상 따위가 짤막하게 반복 재생되고 있다. 여러 음성이 동시에 뒤섞여서 들리는 덕에 이 전시공간 전체가 (P의 의도대로) '하나의 콜라주 작품'처럼 느껴진다. 각 영상을 개별적으로 검토해볼 때는 느낄 수 없었던 감각이다.

"04시 26분. 대상은 렘수면 단계에 머물러 있음."
"꿈의 기능에 대해서는

아직까지도 의견이 분분합니다. 어떤 학—"
"다음으로는 CHRM1 및
CHRM3 유전자에 대한 분석입니다."
"—자들은 꿈이 일종의 위험 대처
시뮬레이션이라고 말하죠."

하지만 과학자로서 나는 영상 작품의 예술적 측면보다
도 그 재료에 더욱 관심을 가져버리고 만다. 이곳에서 상
영되는 데이터 중 적어도 일부분은 실제로 나 자신으로부
터 얻어진 생물학적 정보이며, (염기서열의 극히 일부만
으로 나를 알아볼 사람은 없을 테니) 특별히 큰 편집도 가
해지지 않았다. 활성화되지 않는 시각피질, 비전형적 뇌파
패턴, 회전하는 3D 단백질 모델 등이 모니터마다 제각기
깜박인다. 이 모든 데이터가 암시하는 바를 나는 열여섯
번째 화상 회의 때 P가 이끄는 예술가들에게 열심히 설명
해주어야 했다.

"아직 확실하지는 않지만, 아무래도 제 DNA에는 서로
다른 무스카린성 아세틸콜린 수용체에 영향을 끼치는 작
은 돌연변이가 두 가지 있는 모양이에요. 아, 그냥 그런 게
있다고만 알아 두세요. 중요한 건 변이가 발생한 두 유전

자 모두 하필이면 수면 기능과 연관되어 있단 사실이니까요. 이 변이들이 정확히 어떤 영향을 끼칠지는 제가 단정적으로 말할 수 없긴 한데, 과감히 예상해보자면 아무래도 꿈을 꾸는 메커니즘 자체를 다소나마 억제하는 것이 아닐까 싶네요."

현대미술 프로젝트에 참여하는 도중에 알게 된 사실치고는 꽤나 놀라운 발견이다. 꿈과 관련되었다고 알려진 두 유전자가 함께 돌연변이를 일으킬 확률은 (계산해보지는 않았지만) 아마 상당히 낮을 테니까. 하지만 냉정하게 말하자면 그냥 재수가 없을 뿐이고, 치명적인 유전질환 두 개를 갖고 태어난 게 아니라는 점에선 그렇게까지 재수가 없다고 말하기도 힘들다. 한편 P의 생각은 조금 달랐다.

"'우연히 그렇게 됐다'는 설명을 전시할 수는 없잖아요. 현실에선 가능할지 몰라도 아마이젠하우펜에선 아니에요. 그리고 무엇보다도, 선천적으로 꿈을 잘 안 꾸는 체질이라면 어째서 홍수 악몽만큼은 예외인 걸까요? 이 부분을 전시의 클라이맥스로 가져가고 싶으니까 좀 더 열심히 생각을 해보죠. 누구 반짝이는 아이디어 있으신 분?"

예술가 그룹의 회의에 여러 번 참석하면서 알게 된 사실이 하나 있다면, 이 그룹 내에서 '좀 더 열심히 생각해보자'와 '반짝이는 아이디어'라는 말은 어감과는 달리 정말 무서운 표현이라는 것이다. P의 스트레스가 위험 수준에 도달했다는 뜻이니까. 남들보다 먼저 새롭고 근사한 결과물을 선보여야 한다는 점에선 현대미술계도 내가 몸담았던 연구소와 다르지 않았다.(P가 남들에게 폭언을 퍼붓거나 물건을 집어 던지진 않았다는 중요한 차이점을 제외하면.) 다행히도 그날의 긴장 상태는 어느 영웅적인 그룹 멤버가 P에게 보낸 메시지에 힘입어 빠르게 해소되었다.

"어, 음, 이건 흥미로운데요. 스케일이 좀 크지만, 그게 제가 원하는 그림이기도 하고요. 일단 정리부터 해보죠. 지난번에 전문가 자문을 받았을 때 나온 이야기 기억하세요? 꿈이란 두려운 상황에 대응하기 위해 진화된 일종의 시뮬레이션이라고 했던가요?"

"그런 가설도 있다는 얘기였죠. 추락하는 악몽이 흔한 것도 어쩌면 나무 위에서 살았던 우리 조상들의 가장 보편적인 공포가 유전자에 새겨졌기 때문일지도 모른다고요. 정말로 흔한가요? 저는 잘 모르니까. 아무튼 아주 설득력이 없는 이론은 아니라고 생각해요."

"아, 기억이 나네요! 아주 좋아요. 그럼 이렇게 생각해보자고요. 꿈 기능을 제한하는 유전자가 갑작스레 생겨난 돌연변이가 아니라, 음, 이를테면 꼬리뼈나 충수돌기처럼 먼 과거의 선조들로부터 물려받은 진화의 흔적이라고 말이에요. 당신의 선조들은 꿈을 꿀 필요가 없는 환경에서 살았는데, 그 당시의 유전형질이 아직까지도 남아서 후손인 당신에게 발현되었다는 거죠. 그리고 꿈을 꿀 필요가 없는 환경이라는 말은, 시뮬레이션 가설을 생각해보면—"

"—어떤 위협도 없는, 낙원 같은 곳이었다는 뜻이겠네요."

잔뜩 상기된 얼굴로 P는 고개를 끄덕였고, 나는 멍하니 그 모습을 응시할 뿐이었다. 도대체 어떤 터무니없는 이야기가 이어질지 내심 기대하면서. 인류의 진화 과정 어딘가에 걱정 근심 없는 낙원이 단 한 순간이라도 존재했을 가능성은 전혀 없을 것이다. 그러니만큼 그 불가능한 전제로부터 도출될 결론 또한 도저히 상상할 수 없는 영역에 뻗어 있을 것임이 분명했다. P는 내 기대를 배신하지 않았다.

"이제 그 낙원에 갑작스러운 재난이 닥쳤다고 상상해보세요. 홍수, 해일, 지하수 대분출, 그 무엇이든… 더없이 완벽하고 평온했던 세상을 단 한순간에 수장시킨 거대한 재난이었다고요. 생전 처음 경험한 유일하고 절대적인 공포, 생존자들의 유전자에 공통적으로 새겨질 만한 대재앙!

어때요, 익숙한 이야기 아닌가요?"

그렇게 말하면서 P는 나에게 인용구 하나를 메시지로 보내주었다. 같은 인용구가 지금 내 눈앞에, 세 번째 전시공간으로 들어서는 길목에도 장엄한 선언처럼 적혀 있다. 파국적인 재난으로 인해 물속에 잠겨버린 낙원과도 같은 초고대문명의 상징, 그 오랜 수수께끼의 이름을 당당히 품은 채로.

> "열흘을 더 나아가면 다시 소금 언덕과 물가가 있고,
>
> 사람이 거기에 산다. (…)
>
> 이 민족은 아틀라스 산에서 이름을 따 아틀란테스라 불린다.
>
> 그들은 먹기 위해 살생하지 않으며, 꿈을 꾸지도 않는다고 한다."
>
> — 헤로도토스, 『역사』 4권 184장

말도 안 되는 소리지만, 적어도 말은 된다. 현대의 호사가들은 플라톤의 저술 속에 등장하는 고대문명 '아틀란티스'가 기적과도 같은 초과학 기술로 번영을 누린 낙원이었다고 주장한다. 헤로도토스에 따르면 '아틀란테스' 민족은 동물을 사냥할 필요조차 없는 환경에서 살고 있었다. 그들은 꿈을 꾸지 않는다. 그리고 누구나 알고 있듯이 아틀란

티스는 바다에 잠겨 멸망했다. 그러니 만일 내가 그 미증유의 재난으로부터 목숨을 건진 고대인들의 유전자를 물려받았다면, 내 악몽 또한…. 히스토리 채널의 수상쩍은 다큐멘터리를 그럴듯하게 다듬어 화면 밖으로 끄집어낸 것만 같은 세 번째 방은 이 대담한 유사역사학적 가설을 관람객들에게 더욱 철저히 납득시키기 위한 공간이다.

이를테면 한쪽에는 아틀란티스가 흑해에 있었다는 독일 학자들의 주장, 그리고 기원전 5600년경에 흑해의 수위가 갑작스레 상승하여 주변 지역을 집어삼켰으리라는 이른바 '흑해 대홍수 가설'이 함께 소개되어 있다. 바닥에 영사되는 고풍스러운 중동 지도는 수상쩍게도 흑해와 티그리스·유프라테스 강 일대만을 확대해 보여준다. 왜냐하면 P는 아틀란티스라는 추상적 무대에 더욱 단단한 현실감을 부여하고 싶어 했으니까. 두 강 사이에는 한때 고대 수메르 문명이 번성했고, 그곳에는 신에게 선택받은 인간 지우수드라와 거대한 배가 등장하는 대홍수 신화가 있었다. 강의 흐름을 따라 걸어가면서 관람객들은 내가 그린(실제로는 P의 동생이 대신 그린) 어설픈 꿈 스케치를 보고, 벽에 걸린 헤드셋으로 내 잠꼬대를 들으며, 해설 앞에서 고개를 끄덕이거나 갸웃하거나 한다. 해설에 따르면 꿈속에서 내 도움 요청을 거절한 사람의 옷은 고대 메소포타미아 양식과 일치한다. 꿈을 꾸는 동안에 나는 가끔 수메르어 단어를 중얼거린다.

당연히 P의 날조라고 말하고 싶지만, 잠꼬대는 몰라도 그 즈음에 정말로 내 악몽에는 (메소포타미아 복식은 아니었지만) 흰옷을 입은 신관이 등장하곤 했다. 옷을 벗은 채 바들바들 떠는 나를 신관은 차가운 눈으로 훑어보며 손에 든 석판에 뭐라고 끼적이더니, 어쩔 수 없다는 듯 고개를 젓는다. 그와 동시에 범람하는 흑해처럼 물이 빠르게 차오른다. 뒤돌아 문을 열고 사라지는 신관을 향해 손을 뻗어보지만 소용돌이치는 급류 속에서 신전의 문은 매정하게 닫히고…. 이곳에도 어김없이 내 인터뷰 영상이 전시되어 있는 모습을 본다. 나는 의자에 반쯤 누운 채, 물론 변조된 목소리로, 이번에는 깊은 최면 속에서 이렇게 중얼거리고 있다.

"저는 여덟 살입니다.
오늘은 제가 처음으로 악몽을 꾼 날입니다."
"TV를 보고 있어요. 우주 탐사에 대한 다큐멘터리입니다.
그러다가 잠에 들어요."

"갑자기 굉장히 무서워집니다. 그리고 숨이, 막혀서,
　　　어떻게 해도, 아, 아아아!"
"아마루바우라타! 슈루꽉 에리두… 에제부 에리두…!"

벌떡 일어나며 수메르어로 비명을 질러 대는 부분을 포
함해, 이 영상 속 '최면'은 모두 각본에 따른 연기일 뿐이
다.(문제의 다큐멘터리에 대해선 최면의 힘을 빌릴 필요조
차 없이 기억하고 있다.) 이런 작업은 전혀 경험이 없으니
당연히 우스꽝스럽게 될 거라고 지레짐작했는데, 막상 찍
어 놓고 나니 생각보다 그럴듯해서 놀랐던 기억이 생생하
다. 조명 처리와 편집의 힘이기도 했을 테고, 어쩌면 내가
언제나 어느 정도는 연기를 하며 살아가기 때문일지도 모
른다. 어느새 내려간 마스크를 고쳐 쓰고서 나는 다시 걸
음을 옮긴다.
　다음 전시공간이 마지막이다. 네 번째 방에서는 비로소
모든 단서와 정보 들이 하나로 모여, '꿈의 수수께끼에 대
한 최종적이고 환상적인 해답'을 관람객들에게 제시해줄
것이다. 어째서 나는 우주에 대한 다큐멘터리를 본 뒤부터
홍수에 대한 악몽에 시달리게 되었는가? 정말로 내 유전
자에 아틀란티스의 대재앙이 새겨져 있다면, 왜 나는 물을

두려워하지 않는가? 내 악몽의 뿌리는 과연 어떤 공포에 닿아 있는가? P는 그 어느 때보다 오랜 시간을 들여 나와 단둘이 논의하며, 신중하게 대단원의 막을 조각해 나갔다.

"음, 그래, 이걸로 가죠. 그 다큐멘터리에 분명히 보이저도 나왔겠죠? 일단 나왔다고 하자고요. 보이저에 대한 영상을 본 것이 악몽을 촉발시킨 방아쇠였다고 하는 거예요. 그때 유전자에 각인된 트라우마의 스위치가 켜졌다는 식으로요. 어, 아뇨. 고대 외계인들의 우주선 얘기는 너무 직접적으로 넣고 싶지 않은데. 신비를 설명하기 위해서 더 큰 신비를 동원하면 그건 이미 설명이 아니잖아요."

헬멧을 쓴 사람 모양의 토우나 우주선이 그려진 점토판 등 정교하게 만들어진 가짜 유물들이 곳곳에 전시되어 있기는 하지만, P의 말대로 네 번째 방의 주인공은 흔해 빠진 외계인 음모론이 아니다. 전시공간 중앙에는 첫 번째 방의 홍수 디오라마를 극적으로 뒤틀어 놓은 모습의 플라스틱 조형물이 추모비처럼 우뚝 서 있다. 아마 눈썰미가 좋은 관람객이라면 이 조각이 노아의 방주 이야기를 상징하는 익숙한 이미지(방주의 문이 열려 있고 동물들이 쌍쌍이 줄지어 입장하는)를 단지 각도를 극적으로 달리하여 묘사한 것임을 알아차릴 것이다. 이 작품에서 초점은 방주에 맞추어져 있지 않다. 다만 높이 솟은 한쪽 모서리에 선택된 동물들의 줄 끄트머리가 보일 뿐. 나머지 공간에는 선택받지 못한 무수히 많은 인간과 동물 모형들이 빼곡히 모여 다가오는 파도를 바라본다.

"들어봐요. 아시다시피 보이저에는 골든 레코드가 실려 있었잖아요? 인류가 우주에 띄우는 메시지고, 그래서 세계의 여러 언어로 인사말을 녹음해 두었는데, 그 첫 번째 인사가 수메르어였다고 하더라고요. 당신은 다큐멘터리에서 그걸 들어버린 거예요. 그 인삿말은 만남의 인사였던 동시에 작별의 인사이기도 했죠. 방주를 타고 대홍수로부터 도망치던 아틀란티스의 동족들이 먼 과거의 당신에게 남긴 말이기도 했고요."

실림-마 헤-메-엔

(여러분 모두 평안하기를)

작품을 둘러싼 관람객들 중 몇몇이 그 제목을 소리 내어 읽는다. 흰옷의 신관이 그렇게 말하면서 뒤돌아서는 모습이 보인다. 이미 방주에 자리를 약속받은 자만이 건넬 수 있는 여유로운 작별 인사. 신관을 통과해 줄을 선 사람들은 홍수를 두려워하지 않는다. 그들에게는 방주의 자리가 약속되어 있으니까. 휩쓸리지 않으리라는 확신이 있으니까. 중동 지방에 전래되는 여러 대홍수 신화에서 핵심은 물에 의한 심판 그 자체가 아니다. 지우수드라, 아트라하시스, 우트나피쉬팀, 노아, 모든 이야기에는 공통적으로 '선택받은 자들만이 배를 타고 재난을 피한다'는 모티프가 반복된다. 그리고 선택의 서사란 곧 배제의 서사이기도 하다. 아틀란티스의 유전자에 각인된 트라우마는 홍수가 아닌 배제다. 적어도 P가 전시를 마무리하기 위해 고른 해답에 의하면 그러했다.

"수메르어 작별 인사를 듣는 순간에 당신은 그 두려움을 기억해내고 말았어요. 방주에 타지 못했을 때의, 선택받지 못하고 재난 속에서 알아서 생존하도록 남겨졌을 때의 두려움 말이에요. 그 절대적이었던 배제의 공포가 악몽이라는 형태로 나타나게 된 거죠! 어때요, 이 정도면 괜찮을까요?"

물론 이 '해답'은 전시회를 위해 창작된 예술작품일 뿐이다. 관람객들은 몰라도 나는 P가 고안해낸 서사의 어디서부터 어디까지가 허구인지 정확히 알고 있다. 이를테면 P는 '보이저 탐사선의 골든 레코드에 실린 수메르어 작별

인사가 악몽의 원인'이라는 결론을 이끌어내기 위해 일부러 수메르 이야기를 끌어왔고, 여기에 신빙성을 더하고자 고고학계에서 전혀 인정받지 못하는 가설, 작업장에서 급히 만들어진 유물, 그리고 내 혼신의 연기 따위를 덧붙였다. 내 요청대로, 관람객들로부터 진실을 숨기기 위해.

"진짜 해답을 전시할 수는 없잖아요. 그건 제 권리가 아니니까."

출구를 향해 천천히 걸어가며 나는 P가 공개하지 않은 진짜 해답을 생각한다. '배제에 대한 공포'라고 그럴듯하게 뭉뚱그려 놓은 트라우마의 본모습을. 만일 내가 정말로 아틀란티스 문명의 유전자를 물려받았다면, 방주에 탈 수 없었던 먼 과거의 기억 때문에 홍수 악몽에 시달리는 것이라면, 그 악몽을 촉발시킨 방아쇠는 분명 보이저가 아니라―

"―파이오니어였어요. 이제야 전부 기억이 나네요."

P로부터 다큐멘터리에서 무엇을 보았는지에 대한 질문을 처음으로 받았을 때, 의식 저편으로 묻어 두었던 그 사실이 불현듯 떠올랐다. 인류가 우주를 향해 띄운 메시지는

보이저 탐사선의 골든 레코드뿐이 아니다. 파이오니어 10호와 11호에는 인류를 소개하는 금속판이 하나씩 실려 있다. 수소 원자의 초미세 천이에서부터 태양계의 위치에 이르기까지 여러 정보가 새겨진 이 금속판에서 가장 눈에 띄는 그림은 나체로 서서 미소를 짓는 두 사람이다.

"하나는 여자고 또 하나는 남자죠. 남자는 여자보다 키가 더 크고 여자는 머리가 길어요. 손을 들어 인사하는 사람은 물론 남자죠. 그게 인류를 우주에 소개하려고 탐사선에 실은 대표 이미지인 거예요. 여자 하나, 남자 하나, 인류의 표준, 우주선에 타도록 허가된 한 쌍 말이에요."

아마도 가장 유명한 대홍수 신화의 클라이맥스에서, 창세기 7장에서 신은 방주에 노아의 가족 이외에도 세상의 모든 동물들을 암수 한 쌍씩 태우기로 한다. 신의 선별 기준이 의도하는 바는 자명하다. 너희는 생식을 전제로 한 이성애적 결합 가능성에 따라 구원을 받으리라, 가장 완벽한 암컷과 수컷이 선택받으리라. 방주에 암수 한 쌍이 타는 동안 그 바깥에는 무수히 많은 개체들이 남겨진다. 생식할 수 없는, 너무 어리거나 늙은, 결함이 있는, 완벽한 암컷이나 수컷이 아닌 개체들이다. 꿈속에서 나는 방주의 두 문에 각각 표지판이 달려 있는 모습을 본다. 한쪽에는 빨간색으로, 다른 한쪽에는 파란색으로, 파이오니어 금속판의 여자와 남자 그림이 그려져 있고, 나는 어느 쪽 문 앞에도 줄을 설 수가 없어서 다만 필사적으로 끼어들려 시도하다가 쫓겨나기를 반복한다. 파도가 밀려온다.

"그걸 본 순간 깨달았어요. 우주로 가는 방주에도 제 자리는 없다는 걸, 세상이 다시 물에 잠기면 저는 또 혼자 허우적거리면서 필사적으로 살아남아야 하리라는 걸요. 왜냐하면 이번에도 저는 '표준'이 아니니까… 제가 지금 이상한 이야기를 하고 있나요?"

P는 굳이 대답하지 않았다. 내가 너무 감상적이라고 비난하지도 않았고, 반대로 무리하게 위로하려는 시도도 하지 않았다. 대신 '타인의 너무 개인적인 이야기를 그대로 전시하는 것은 내가 원하는 작업 방향이 아니니까, 다른 그럴듯한 이야기를 같이 만들어보자'고 제안했을 뿐. P의 말이 옳았다. 만일 언젠가 내 악몽과 파이오니어 금속판에 대한 이야기를 공개적으로 할 수 있게 된다면, 그런 말을 하더라도 홍수에 휩쓸리지 않으리라는 확신이 생긴다면, 그때는 편집되지 않은 내 자신의 목소리로 직접 털어놓고 싶으니까.

입장할 때와 같은 암청색 통로를 통과하면 다시 아마이

젠하우펜 현대미술관의 2층 홀이 나온다. 잠에서 깰 때처럼 쏟아지는 밝은 조명에 눈을 찌푸리며(아마 의도했을 것이다), 나는 네 개의 전시공간이 어떤 식으로 배열되어 있었던 것인지 납득하기 위해 애쓴다. 큰 전시실 하나를 격벽으로 사등분했다고 생각했는데, 출구 위치를 보면 생각보다 훨씬 복잡한 구조였던 걸까? 홀을 둘러보던 내 눈이 창문 너머의 먹구름을 언뜻 붙잡는다. 미처 깨닫기도 전에 빗방울이 창으로 하나둘 떨어지기 시작한다.

하지만 내가 기억하기로, 비는 언제나 쏟아지고 있었다.

아틀란티스가 물에 잠기던 그날부터 줄곧.

(작가가 안 쓴) 후기

엄밀히 얘기해 이건 작가 후기가 아닙니다. 작가가 쓴 후기가 아니니까요. 작가는 자기 말보다 당사자의 언어가 들어가는 게 더 의미 있을 거라고 생각해서 후기란을 양도했고, 처음엔 그게 말이 되냐며 거절했지만 선입금 앞에선 무력해지고 말았어요. 그렇게 후기를 쓰고 있는 저는 트랜스젠더 여성입니다. 그래서 소설의 화자도 자연스럽게 트랜스여성으로 생각하며 읽었고요. 하지만 그게 정답은 아니겠죠. 화자는 트랜스젠더퀴어 범주의 어딘가에 위치한, 이성애 규범과 젠더 이분법에 속하지 않는 존재라면 누구나 공감 가능한 인물이라고 생각해요. 그리고 마스크를 쓰고 다니는 습관 같은 건 공감하는 사람이 아주 많을 거라고요. 나만 그런가?

마지막으로… 글을 읽으면서 화자가 트랜스젠더퀴어라는 걸 알 수 있었나요? 페미니즘 단편선이라고 샀는데 트젠퀴가 나오는 이야기가 있어서 놀라셨나요? 혹시 당신도 트랜스여성이나 젠더퀴어가 여성혐오적인 존재라고 생각하시나요?

그치만요, 경계를 허물고 무너뜨리는 건 항상 페미니즘이 해오던 일이었는걸요. 들여보내지 않고 문을 닫는 게 아닌, 문을 열어 들여보내고 그 문마저도 없애버리는 일을요.

※ 진짜로 외주 줬습니다. 원고료도 지급되었습니다.

나비의 경계

이루카

1

나비가 보이지 않았다. 벌써 다섯 번째였다. 고장인가? 조예나는 곰곰이 생각해봤지만 이유를 알 수 없었다. 화면 하단의 고객센터 탭을 두드렸다. 실시간 채팅으로 간단히 처리할 수 있다고 생각했지만 담당자의 답변은 예상을 빗나갔다. 단순 접속 문제가 아닌 고장 신고로 분류된 것이다.

현재 고객님의 플라이콘 접속에 문제가 발생했습니다. 담당자의 원격복구 예약을 원하시면 예약 버튼을 선택하세요.

원격접속이 내키지 않았지만 나비를 만나려면 버튼을

눌러야 했다. 상단에 있는 물음표 아이콘을 선택하자 원격 접속에 대한 설명이 흘렀다.

원격복구는 담당자가 고객님의 가상현실에 동시 접속합니다. 연결 중에 접속을 강제 종료할 경우, 고객님의 감각 데이터가 유실될 위험이 있습니다. 원활한 복구를 위해 편안한 시간으로 예약하시기를 권합니다.

엄마 얼굴이 아른거렸다. 원격접속은 엄마가 집을 비웠을 때 해치워야 한다. 활동지원사와 엄마의 교대 시간이 넉넉한 날. 언제더라? 조예나가 공유 달력을 보기 위해 뻗은 손끝이 화면을 건드렸다.

조예나 고객님의 원격복구 신청이 접수되었습니다.

"앗!"

입을 막았지만, 소리는 이미 방을 빠져나갔다. 조예나가 책상을 두어 번 내리칠 때 즈음 방문이 열렸다.

"무슨 일이니?"

다급히 열린 방문과 달리 엄마의 목소리는 평온한 듯 들렸다. 놀라지 않은 척, 걱정하지 않은 척하지만 엄마의 심장 박동은 그와 반대로 내달렸다. 작은 일 하나에도 온몸

의 긴장과 걱정이 터질 듯 심장으로 몰리는 엄마. 조예나
의 모든 것이 엄마에게는 그랬다. 엄마가 미처 숨기지 못
한 불안은 매번 조예나를 더 힘들게 했다.

"아니야. 아무것도."

조예나는 고개를 돌려 모니터에 시선을 파묻었다. 대화
란 얼굴을 마주 보며 하는 거라 강조하는 엄마를 방에서
내보낼 때면 쓰는 방법이었다. 하지만 아무 소리도 들리지
않았다. 눈썹 옆에 붙인 손톱만 한 플라이콘에 온 신경이
집중되었다. 눈썹만 살짝 다듬어도 바로 알아채는 엄마를
생각하며 조예나는 살짝 고개를 옆으로 기울였다. 흘러내
리는 머리를 잡는 척하면서 자연스럽게 턱을 괴었다. 얕은
한숨 소리와 함께 방문이 닫혔다. 하마터면 들킬 뻔했다.

화면에 플라이콘에서 온 메시지가 깜박였다.

조예나 고객님의 원격복구 예약이 대기 중입니다. 원하시는 날짜
와 시간을 입력해주세요.

안전한 시간을 확인하고 나서 전송 버튼을 눌렀다. 조예
나는 의자에 몸을 깊숙이 파묻으며 천장을 올려 봤다.

색이 바랜 벽지. 콩알만 한 어두운 얼룩이 눈에 들어왔

다. 의자를 밟고 올라가 죽였던 모기의 흔적. 밤새 앵앵거리는 모기를 직접 잡았던 증거다. 모기의 최후가 각인된 검은 점은 언제나 옛 기억으로 조예나를 이끈다. 기억 속, 남자친구의 무게 아래, 온몸이 흔들리며 본 점은 쉼표였다. 그가 몸을 일으키자 조예나를 뒤덮었던 압력이 순식간에 사라졌다. 멍하니 천장을 바라보던 조예나는 변해버린 쉼표를 발견했다. 쉼표는 움직임이 멈추자 또렷한 마침표가 되었다. '끝'을 말하는 부호였다. 조예나의 기억은 항상 마침표에 멈춰 있었다. 다시는 이어지지 못할 거라 생각했던 기억을 향해 손을 뻗으면 온몸에 그날의 감각이 되살아나 과거의 자신과 겹쳐질 수 있었다. 플라이콘은 조예나가 필요할 때마다 그녀가 원하는 기억으로 떠나게 해줬고, 닿기 어려운 기억에는 따뜻하고 단단한 다리를 놓아주었다.

플라이콘을 떼어 케이스에 넣었다. 플라이콘에 접속하지 않았다는 것을 알면서도 조예나의 손은 무심코 아래를 향했다. 조심스럽게 다리 사이와 주변을 더듬어 가며 눌렀다. 둔탁한 압력 말고는 아무것도 느껴지지 않았다. 아무것도. 조예나는 다시 예전으로 돌아가버렸다.

2

"현재 조예나 님의 감각과 플라이콘 동기화는 정상적으로 작동하고 있습니다."

임도래는 조예나가 말하는 고장 신고 경위를 묵묵히 듣던 중 입을 열었다. 원격복구는 담당자가 사용자의 가상현실에 동시 접속하면서 이뤄진다. 조예나의 가상현실 속, 고객센터 메뉴에 들어와 있는 임도래는 눈앞에 앉아 있는 조예나를 유심히 지켜봤다. 플라이콘에 가입하면 기본으로 제공되는 캐릭터 얼굴이다. 석고상이 움직이는 것처럼 보였지만 표정은 자연스러웠다. 그래도 임도래가 기억하는 조예나의 얼굴은 아니다. 하지만 조예나는 임도래를 알아보지 못할 것이었다. 임도래 역시 담당자에 맞는 캐릭터로 접속 중이기 때문이었다. 임도래는 조예나와 마주했던 날을 떠올렸다. 캐릭터가 아닌 임도래 본인의 얼굴로 접속했다면, 조예나가 자신을 알아볼까? 갑자기 궁금해졌다. 그런 임도래의 의문을 깨고 조예나가 물었다.

"그럼 대체 문제가 뭐죠?"

조예나는 '나비'가 보이지 않는다고 했다.

'플라이콘'은 고가의 감각치료기다. 사용자의 신경이 가

나비의 경계

상현실과 연동되고 사용자 몸에 투입된 나노로봇을 자유롭게 조종하는 기술이 가능해지면서 사람들은 멀어졌던 감각을 플라이콘 치료를 통해 느낄 수 있게 되었다. 교감신경계를 중심으로 활동하는 나노로봇은 일시적인 감각회복을 위한 치료뿐 아니라 감각들 간의 단단한 결합에 있어서도 그 몫을 훌륭히 해냈다.

그러나 치료가 필요하지 않은 사람들은 플라이콘을 다른 용도로 사용하기 시작했다. 그러자 일부 언론과 인권단체에서는 플라이콘 개발을 이끈 감각연구소의 실험을 두고 개개인의 감각을 데이터화해 소비하는 것이라고 강하게 비판했다. 감각연구소는 지원이 필요한 생활보호 대상, 요양원, 장애인 복지시설에 무상으로 보급하는 치료기기일 뿐이란 원칙적 입장을 다시금 강조하며 그런 지적을 일축했다.

"초기 개발부터 테스터로 참여하셨죠?"

임도래는 조예나의 물음에 답하는 대신 다른 질문을 시작했다.

"네. 약해진 신경 감각을 치료할 수 있다고 해서 플라이콘이 필요했어요. 테스터로 참여하면 무상으로 플라이콘 기기를 받을 수 있고, 테스트 종료 후, 업그레이드도 무상이거든요."

"접속하게 되면, 원래 플라이콘 로고가 로딩 이미지로 제공됩니다. 지금도 마찬가지고요."

임도래는 잠시 말을 멈추고 조예나 앞에 로딩 이미지를 띄웠다. 플라이콘의 가상현실에 접속했다는 것을 알리는 로딩 이미지는 플라이콘의 로고—단순한 선으로 이뤄진 날개—를 보는 것이 일반적이었다. 임도래는 조예나 옆에 로딩 이미지를 보내면서 물었다.

"이 로고 대신 '나비'를 처음 보게 된 것은 언제인가요?"

"글쎄요, 정확히 기억나지는 않지만…."

조예나가 말을 흐리자 임도래가 말을 이었다.

"'나비'가 보이지 않아도 가상현실 접속이나, 감각동기화는 정상으로 진행되고 있는데…. 특별히 어떤 불편한 점이라도 있으셨나요?"

"불편한 '것'보다… 불편한 '감정'이라고 말하는 것이 정확할 것 같아요."

임도래는 조예나의 말에 올 것이 왔다는 불안한 두근거림을 느꼈다. '나비'를 보는 사용자는 사실, 조예나만이 아니었다. 임도래가 확인한 사용자 데이터에서 공통적으로 나왔던 내용은 불편한, 혹은 불쾌한 '감정', 조예나가 말한 것과 일치했다.

"편안한 기분이 아니었어요. 제가 설정한 상황이나, 느끼고 싶은 감각은 그대로였지만…. 누군가 내 공간에 들어와 있는 듯한 그런 느낌이었거든요. 하지만 '나비'가 보일 때는 달랐어요. 자연스럽고 편안했어요."

"알겠습니다. 일단, 기능적으로는 이상이 없는 상태이기 때문에 현재로서는 제가 조예나 님이 문제라고 인식하고 있는 접속 이미지 부분을 바로 해결하기는 어려운 상황이에요. 조예나 님의 감각로그를 계속 확인하면서 좀 더 세부적으로 문제를 파악하는 것이 방법이 될 수 있을 것 같은데요."

"감각로그요?"

"조예나 님이 승인해주신다면, 플라이콘을 사용하면서 나오는 감각로그들을 기록하고 이전 로그와 비교하면서 분석해볼 수 있을 것 같습니다."

사용자의 감각로그는 개개인의 사적인 기록이기 때문에 사용자 승인이 필요했다. 잠시 망설이던 조예나가 답했다.

"분석에 필요한 기록은 어디까지인가요?"

임도래는 조예나가 걱정하는 것이 무엇인지 알았다.

"가상현실에 구현되는 상황에 대해서는 기록하지 않습

니다. 조예나 님이 어떤 감각을 어떻게 느끼고 있는지 수치만 기록할 예정입니다."

앞에 놓인 감각로그 이용 동의서를 돌려보며 임도래의 말을 듣고 있던 조예나가 답했다.

"아, 그럼 괜찮을 것 같아요. 그렇게 진행해주세요."

승인 문서가 전송되자 임도래는 조예나에게 분석이 완료되면 원격접속을 다시 해야 할 수도 있다는 점을 알렸다. 조예나는 임도래를 자신의 가상현실 고객센터 담당자로 지정한 후, 언제든 메시지를 보내도 좋다고 답했다. 조예나가 접속을 종료하자 임도래도 그녀의 가상현실에서 연구실로 돌아왔다.

임도래는 플라이콘을 떼어내고 조예나의 초기 파일을 열었다. 거의 동시에 화면 중앙에 통화 연결 창이 깜빡였다. 임도래는 서둘러 시간을 확인했다. 동생과 약속한 시간이 벌써 한 시간이나 지나 있었다. 연결 버튼을 누르자 화면에 양미간을 잔뜩 찌푸리고 있는 소녀가 보였다. 화면 속 소녀는 임도래를 보자마자 빠른 손짓으로 수어(手語)를 했다.

"언니, 왜 전화 안 했어? 계속 기다렸잖아."

수어 자동인식 변환기능이 있지만 동생은 지금 수어로

이야기하고 싶어 했다. 임도래는 화가 났을 때 더 빨라지는 동생의 수어를 생각하며 최대한 빠르게 수어로 답했다.

"미안, 일이 많았어. 과제는 이따 집에 가서 도와줄게."

어깨를 으쓱하는 임도래의 대답에도 동생의 표정은 풀어지지 않았다.

"저번에도 늦게 와서 그냥 자버렸잖아."

임도래는 머쓱한 미소를 지으며 미안하다는 손짓을 보냈다. 그런 임도래를 보며 동생이 말을 걸었다. 아까보다 수어의 속도가 느려졌다.

"저번에 말했던 플라이콘 있잖아. 그거 오늘 가져오면 안 돼?"

임도래는 초롱초롱한 동생의 눈동자를 보며 미간에 힘을 주었다.

"플라이콘은 다음 생일 지나고 다시 생각해보기로 했잖아. 안 돼."

임도래의 단호한 말에 동생의 표정이 다시 어두워졌다.

"왜 안 되는 건데? 애들 다 가지고 있는데! 그냥 간단한 게임만 할 거야!"

임도래는 물론 그 말이 거짓임을 알고 있었다. 애들이 다 가지고 있다는 것도, 간단한 게임만 하겠다는 것도.

"게임은 다른 VR 게임기도 많잖아. 아무튼 안 돼."

임도래는 잠시 수어를 멈추고 동생을 쳐다봤다. 동생은 잔뜩 부은 얼굴로 이미 다른 곳을 응시하고 있었다. 임도래는 고민하다 입술을 깨물고 수어를 시작했다.

"대체 너한테 플라이콘이 왜 필요하니? 오늘 집에 일찍 갈게. 그러니까…."

임도래는 연결이 끊어진 화면을 보며 한숨을 쉬었다.

한창 사춘기에 접어든 동생은 또래 친구들의 플라이콘 자랑에 동참하고 싶어 했다. 플라이콘 회사에 다니면서 그 거 하나 가져다주지 못하냐고, 구경이나 시켜 달라고 투정 부리던 동생의 얼굴이 맴돌았다. 임도래는 평소 동생이 가고 싶어 하는 곳, 하고 싶어 하는 것들을 최대한 해주려고 노력했다. 청소년을 위한 성교육치고는 다소 개방적인 프로그램도 동생에게 먼저 제안하기도 했을 만큼 자신과 터울이 뜨는 동생을 존중해주고 있다고 생각했던 터였다. 그러나 동생이 요구하는 플라이콘만큼은 동의하기 어려웠다. 동생이 쓰게 된다면, 플라이콘 사용에 앞서 감각동기화와 테스트를 받아야 했다. 동생이 겪어야 할 일련의 등록 과정들이 임도래를 망설이게 만들었다. 또한, 플라이콘을 동생에게 허락하고 싶지 않은 또 다른 이유는 동생에게

군이 플라이콘이 필요하지 않을 거라는 생각이 더 컸기 때문이었다. 임도래는 패드를 두드려 집 근처 디저트 가게에 주문 예약을 했다. 동생이 좋아하는 바나나수플레였다. 얼마큼 마음이 풀릴지 알 수 없다는 생각이 들자 임도래는 피식 웃으면서도 마음이 복잡해졌다. 동생은 어느새 달콤한 위로에 마음 풀리는 나이를 벗어나고 있었다.

3

플라이콘이 연결하는 가상현실에서 가장 중요한 것은 감각 데이터 '센셀'(Sensel: Sense와 Element의 합성어)과 이들이 만들어내는 '결합감각'이다. 가상현실에서 체험하는 실제적인 감각을 구축하는 것에 있어 센셀은 필수 요소였다. 사용자의 감각에서 추출되는 각각의 '센셀' 데이터는 데이터 하나의 단위로는 특별할 것이 없었다. 하지만 센셀끼리의 결합이 가능했고 감각끼리의 상호 반응과 그로 인해 발생하는, 복합적인 '결합감각' 때문에 플라이콘은 다른 가상현실 기기와 월등한 차이를 가질 수 있었다. 더 실제적이고 생생한 가상현실 경험을 가능하게 한 것이다.

감각 데이터를 이용하여 손상된 혹은 느슨해진 감각을 치료하고 개선하겠다는 목표로 플라이콘 연구는 시작되었다. 성별, 나이를 불문하고 다양한 계층에서 모집된 그룹에서 대단위 감각 테스트가 이뤄졌다. 오감의 영역 외에도, 성감(性感) 도움 기능이 업데이트되면서 사용자들의 큰 호응을 얻었다. 특히 외부 활동이 어려운 장애 그룹의 경험이 그랬다. 그러나 성감 도움 기능은 테스터들의 반응 분석에도 큰 변화를 가져왔다. 미처 예상하지 못했던 사용자들의 감정을 연구소가 알게 된 것이다. 성감 도움 기능을 사용하고 난 후 얻게 되는 만족감에 뒤따르는 행위 자체에 대한 허무와 좌절의 감정이 그것이다. 이는 가상 공간에서 인공적인 성감을 느끼는 것, 물리적 대상과의 접촉과 정서적 교감이 없다는 것에 대한 반감이었다. 사용자들이 자연스레 느끼는 이런 인식은 그들에게 각인된 '정상적 관계'라는 척도가 무의식적으로 작동한 결과였다.

감각연구소는 사용자들의 실망, 서글픔, 우울함, 무기력함, 공허함 같은 감정 영역이 활성화되면 그들의 가상현실에 원격으로 접속하여 인공적인 꿈을 보여줬다. 사용자는 꿈을 꾼다고 생각하지만 그 꿈은 사용자가 갖는 부정적인 감정을 지우고 플라이콘의 사용성을 더 긍정적으로 지속시키기 위한 장치였다. 꿈은 개인적인 공간을 침입당한다는 반감을 제거하고, 사적인 공간이 보호받고 있다는 확신을 위한 포장인 것이다. 길을 잃고 비어버린 감정을 채워서 다시 감각을 향해 떠날 수 있도록 도와주는, 자상하고 따뜻한 안내자이며 유용한 지도. 사용자들은 꿈이 제3자로서 제시하는 위로를 직접 보거나 체험했다. 이런 경험으로 얻어지는 감각 데이터 역시 연구소는 빈틈없이 수집했다.

임도래는 나비 목격자들의 결합감각 데이터를 다시 확인했다. 그들의 감각 수치는 연구소가 제공한 결합감각을 사용하기 이전과 비슷해져 있었다. 이들 감각의 연결이 끊어지고 있는 것이다. 나비 목격자들에게 더 이상 결합감각은 필요치 않게 된 걸까? 임도래는 늘어나고 있는 나비 목격자들에게 공통적으로 보이는 감각 만족도 수치를 보며 스스로에게 되물었다. 결합감각이 끊어지고 있지만 사용자 개인의 감각 만족도는 감소하지 않았던 것이다. 사용자들에게 제공되는 결합감각은 초반 플라이콘 사용성을 높이는 역할을 했으나, 감각연구소가 제공하는 결합감각은 엄밀히 말해 사용자들을 위한 것은 아니었다. 임도래가 프로젝트에 끊임없이 문제를 제기하고 있는 것도 이 부분이었다. 사용자들을 위해 디자인된 감각은 아니기 때문이다. 인위적으로 결합된 감각들은 사용자들의 감각을 더 광범위하게 수집하는 일종의 좌표였다. 그렇게 수집된 사용자들의 감각은 무수히 많은 패턴으로 플라이콘 기능에 재적용되었고 플라이콘을 사용하면 할수록 수집되는 감각 데이터는 다시 사용자들의 거대한 감각 네트워크에 연결되었다. 사용자들은 감각 구현도를 높인다는 명분으로 자신의 감각 정보가 이용되는 것을 알고 있었지만, 플라이콘 사용에서 오는 만족이 그들의 불안을 잠재웠다.

임도래는 뻐근한 어깨를 돌리며 화면에 가득 찬 조예나의 데이터를 다시 훑어봤다. 결합감각 수집을 담당하고 있는 임도래는 최초의 나비 목격자가 조예나라는 것을 알았다. 조예나의 나비 목격 이후, 점차 번져 가는 나비 현상의 이유는 무엇일까? 그리고 왜 나비일까? 임도래는 조예나가 초기 테스터로 참여하면서 진행한 인터뷰 파일을 불러왔다. 임도래의 기억 속 조예나가 화면에 있었다. 녹화된 영상에서 조예나는 그간 지내 왔던 시간들, 자신에게 성감 도움 기능이 왜 중요한지에 대한 이야기를 하고 있었다.

입술은 살짝 붉은 기가 도는 정도로만. 가슴팍이 보이지 않는 상의에 치마와 바지는 길수록 좋은 것이라고 했어요. 엄마 기준에 이런 옷차림의 완성으로는 부족하죠. 밤 10시 전에는 집에 들어가야 했으니까요. 원하는 대학을 가기만 한다면 마음대로 살 수 있을 거라 생각했는데 전혀 아니었어요. 그래도 남자친구 때문에 버틸 수 있었어요. 집과 학교만 오가던 제 일상, 소속에 끝이 있을 것이라는 희망, 남자친구가 그때 저한테는 그랬어요. 엄마에게 거짓이 늘어갈수록 우리 사이는 더욱 진실해졌다고 생각해요. 남자친구와의 섹스를 위해 많은 공을 들였고, 남자친구는 교회에서 만났다던 누나와 함께한 모든 것을 열심히 퍼부었지만 무슨 이유인지 모르게 우리의 첫 섹스는 실패였어요.

그래도 좋았어요. 귓가에 가득 채워지던 그의 숨결, 촉촉한 온도가 온몸을 뒤덮은 그런 느낌은 정말 처음이었어요. 두근거리는 마음으로 용기를 내서 그에게 말하면, 원하고 갖고 싶었던 감각들로 되돌아왔어요. 이 모든 과정이 너무나 자연스러워서 저를 묶고 있던 엄마의 밧줄이 끊어지는 것 같았어요. 곯아떨어진 남자친구의 알몸을 그냥 말없이 바라봤던 기억이 나요. 이렇게 무방비로 누워 있는 남자친구가 내 것이라는 그런 분위기가 마음에 들었고, 완전히 새로운 세계를 스스로 열었다는 생각에 정말 기분이 좋았거든요. 집에 돌아오는 길, 꼭 잡은 두 손에 맺히던 온기가 생각나요. 믿음이 있었어요. 잘 맞을 것이라는 믿음. 첫 키스가 그랬고, 첫 오르가즘이 그랬어요. 제대로 성공하지는 못했지만, 그간 쌓아 온 몸의 신뢰는 쉽게 깨질 수 없는… 우리만의 것이니까요.

막차를 놓치는 것이 인생에 무슨 대수라고. 건너편에서 다가오는 버스를 잡아타기 위해 무작정 차도를 가로질러 가던 민첩함과 무모한 용기는, 엄마에 대한 죄책감을 벗고 싶었던, 학습된 충성이었을까요… 저는 지금도 그렇게 생각하고 있어요. 버스를 향해 달렸어요. 절 부르는 남자친구 목소리가 그날 기억의 마지막이에요. 병실에서 눈을 떴고… 그때의 상처 대신 흉터가 자리 잡았지만 희미해지는 흉터만큼 신경도 흐려졌어요. 흐릿한 신경은 허리와 골반을 비스듬히 가로지르며 아예 사라져 있었어요. 공기처럼 가뿐하고 당연했던 손마디 하나하나의 움직임이 무겁고 둔했어요. 마치 두껍고 끈끈한 반죽을 뒤집어쓴 것만 같은… 처음 느끼는 그 엄청난 중압감이 너무 무서웠어요. 그래도 가장 두려웠던 것은 따로 있었어요. 골반과 그 주변을 더듬었어요. 마취주사를 맞은 것처럼 감각이 둔해졌을 뿐이라고, 세게 꼬집으면 늦게라도 천천히 느껴질 것이라고, 그때 저는 주문처럼 '제발'을 계속 외쳤어요. 하지만 힘을 주는 손끝에 전해지는 것은 피부의 온도가 전부였어요.

. . .

화면 속 영상에서 조예나의 얼굴이 살짝 일그러졌다. 덤덤히 말하던 처음과 달리 상기된 표정의 조예나는 잠시 인터뷰를 중단했다. 재활 치료에 많은 노력을 쏟고 있다고 말했지만 조예나의 표정은 힘겨워 보였다. 활동지원사와 엄마의 보호 없이 성립되지 않는 일상을 조예나는 받아들이고 있었다. 조예나의 인터뷰가 진행될 때, 임도래는 갓 입사한 신입이었다. 장애여성의 감각 치료를 위한 가상현실 기기를 개발 중이라는 연구소의 취지가 마음에 들었고, 그래서 선택한 연구소에서 배정받은 첫 번째 프로젝트였다. 임도래는 조예나의 인터뷰 영상을 여러 번 돌려 봤다. 사용성 분석을 위한 스크립트 정리는 분류 프로그램을 사용하는 것이 일반적이지만, 프로그램이 놓치기 쉬운 비언

어적 순간들을 잡아내는 것은 연구원들의 몫이었다. 사고 이전과 이후로 나뉘는 삶의 경계에서 조예나는 위태롭게 사고 이전의 기억에 매달려 있었다. 잃어버린 성감을 찾고 싶다고 말하는 조예나의 눈동자가 눈에 박혔다.

임도래는 이제 최근 접속한 조예나의 플라이콘 데이터를 불러왔다. 접속 로그에서 나비가 기록된 만큼, 조예나의 플라이콘 만족도는 그대로였으나, 예상대로 결합감각 수집은 제대로 이뤄지지 않았다. 임도래는 목록에 올라온 항목을 하나씩 확인하며 조예나의 가상현실 공간 데이터를 확인했다.

작고 아늑한 방이다. 조금 열려 있는 창 사이로 이따금씩 면사포 같은 커튼이 하늘거렸다. 창밖 석양을 이루는 색의 조화가 따뜻했다. 색상 코드가 일치한다는 알림창을 보며 임도래는 잠시 공간 구성 화면을 지켜봤다. 조예나가 원하는 색감으로 물들고 있었다. 평소 플라이콘의 성감 도움 기능을 정기적으로 사용하는 대부분의 사용자가 그러하듯, 그들은 익숙하면서도 편안한 장소를 선호했다. 임도래의 패드에 조예나의 성감 수치가 빠르게 쌓였다. 아무런 소리도 나지 않고, 아무도 없는 방이다. 그러나 임도래는 화면에 흐르는 공간 구성 데이터를 통해 메이플 시럽 향기가 조예나의 방을 가득 메웠다는 것을 안다. 조예나가 기억하는, 그녀의 행복과 더 빨리 만날 수 있는 냄새. 처음에 조예나는 자신이 원하는 향기를 표현하지 못했지만, 임도래는 사용성 조사 연구원 출신의 조향 디자이너와 함께 조예나가 원하던 메이플 시럽 향기를 찾아주었다. 기억과 결합한 후각, 그리고 달콤함을 선사하는 미각이 결합하여 다시 따뜻한 온도의 촉각이 온몸으로 퍼져 나갔다. 이는 조예나에게 평소보다 더 감미롭고 부드러운 절정을 만들어주고 있었다.

나비를 보며 안정을 찾는 이유가 뭘까? 임도래의 생각이 순식간에 희미한 윤곽을 만들었다. 불현듯 떠오르는 생각에 다급히 패드를 두드리던 임도래는 순간 멈칫했다. 어쩌면…? 임도래의 지난 기억이 머릿속에 펼쳐졌다. 조예나와 처음으로 마주했던, 첫 번째 감각동기화 테스트를 진행하던 날이었다. 원피스형 테스트복을 입은 조예나가 테스트 침대에 누워 있었다.

"다들 긴장하고 그래요. 플라이콘이 실행되면 머리에 살짝 압박이 느껴지는데 곧 사라지니까 걱정하지 마세요."

임도래는 긴장한 표정이 역력한 조예나에게 미소 띤 얼

굴로 말했다. 조예나는 말없이 고개를 끄덕였다. 플라이콘 초기 모델의 접속 시간은 지금 모델과 다소 차이가 있었다. 가상현실에 곧바로 접속되는 것이 아니라 약간의 지연 시간이 존재했다. 임도래가 기억하는 것은 그때였다. 조예나의 눈썹 옆에 플라이콘이 빛나고 있었고, 테스트를 맡은 팀장이 조예나 가까이 있었다. 조예나를 지나쳐 가는 그의 손이 그녀의 하반신부터 상반신까지를 훑었다. 순간이었다. 방금 일어난 상황이 무엇인지 사실 분석할 필요도 없었지만, 임도래는 생각했다. 무언가 이유가 있을 거라고. 그게 아니라면…. 임도래의 눈이 팀장을 좇았지만 그는 이미 아무렇지도 않게 패드를 두드리며 화면에 집중하고 있었다. 팀장의 행동은 일상처럼 자연스러웠다. 거리낌없이, 별일 아니라는 듯이. 이유도 모르게 던져진 돌에 물결같이 흔들리는 것은 조예나와 임도래였다. 임도래는 돌의 존재보다 흔들리는 물의 파장에 주목하는 자신과 다시 마주했다. 불안하게 흔들리는 것이 조예나의 눈동자인지 자신의 것인지 임도래는 혼란스러웠다. 그러나 하반신과 상반신의 경계 어딘가에서 조예나는 눈을 떴다. 임도래가 테스트실을 나가는 팀장에게서 눈을 돌렸을 때, 조예나의 눈은 감겨 있었다.

플라이콘이 빛나고 있는 조예나의 얼굴에 동생이 겹쳐졌다. 임도래는 고개를 가로저었다. 동생이 하고 싶다던 간단한 게임, 요새 아이들이 열광하는 연애 시뮬레이션 게임을 위한 인터뷰, 감각동기화 테스트를 받고 있는 동생, 임도래는 그런 화면 속의 동생을 마주하고 싶지 않았다. 조예나가 보는 나비를 생각하며 임도래는 결합감각 수집을 독촉하는 팀장을 떠올렸다. 플라이콘 사용을 위해 필수적으로 거치는 감각동기화 테스트. 그리고 그 이후에 발생하는 나비는 어떤 신호였다. 나비 목격자들의 목소리일 수도 있었다. 그건 팀장도 알아야 했다.

4

"나비가 뭐?"

한숨부터 쉬고 대답하는 팀장의 말투는 여전했다. 팀장은 패드에 흐르는 보고서를 대충 넘기면서 화면에 뜨는 알람들을 확인하고 있었다. 임도래는 나지막히 심호흡을 하며 말했다.

"플라이콘 접속 시, 로딩 이미지로 나비가 목격되는 현상이 증가하고 있습니다. 초기 테스터였던 조예나의 접속 기록에서 나비가 처음 발견되었고요. 이 현상은 다른 사용자들에서도 비슷한 결과를 보이고 있습니다. 나비는 분명 원인이 있는 결과…."

그러나 팀장은 임도래의 보고를 자르며 되물었다.

"감각 데이터는 제대로 수집되고 있는 겁니까?"

"네. 하지만 나비 목격자가 증가한 시점의 결합감각들을 플라이콘 내부 감각 네트워크에 적용하는 것과 예정된 감각동기화 테스트도 보류해야 합니다. 이번 프로젝트처럼 성감 도움 기능 업데이트를 위한 것이라면 더더욱…."

임도래가 팀장에게 해야 하는 중요한 보고는 이제 시작이었지만, 팀장은 임도래의 말을 계속 자르며 다른 질문을 건넸다.

"일반 그룹 적용은 일정 안에 마무리되나요?"

"네?"

"새로 추출한 감각 데이터들을 일반 그룹에 테스트하는 일정, 그걸 물어본 겁니다. 치료 목적 외에 플라이콘을 예약 구매한 그룹을 일반 그룹으로 분류한 거 기억하죠? 임도래 선임."

길게 대화하고 싶지 않다는 의도를 전할 때, 팀장은 매번 이름과 직책을 마지막에 덧붙였다. 임도래는 입술을 살짝 깨물었다. 팀장은 답을 기다리지 않고 말을 이었다.

"이번 프로젝트에서 수집된 결합감각들을 시뮬레이션했고, 좋은 성과가 나왔어요. '감각 네트워크'가 구심점 역할을 해줬죠. 결합감각이 모일수록 감각 네트워크에 새로운 감각으로 전파됩니다. 인간의 감각은 서로 빈 자리를 채운다고 하지 않던가요? 감각 수집은 이만하면 됐고, 한시라도 빨리 성감 도움 기능을 일반 그룹에 적용해야 합니다. 익숙해서 무뎌진 성감은 시장에서 가치가 없을 겁니다. 하지만 반면에 경험이 누적된, 충분히 발달된 성감일 수 있단 말이죠. 결합감각이 뭘 뜻하는 것 같습니까? 처음 느끼는 성감과 숙성된 성감이 결합할 수 있다면 본인과 상대의 감각을 모두 즐길 수 있어요. 실제보다 더 강렬하게 구현되는 감각을 체험할 수 있다면 플라이콘 성장은 보나 마나예요. 인공적인 성감이지만 현실에서 절대 만날 수 없는 지점이죠. 지금 집중해야 하는 것은…."

이번에는 임도래가 팀장의 말을 잘랐다.

"나비가 사용자들에게 보내는, 어쩌면 감각 손상을 예고하는 어떤 신호라면요? 나비가 보이지 않을 때마다 사용자들은 불안과 불편을 호소하고 있어요. 이는 감각동기화 테스트 이후, 결합감각을 수집하면서 발생하게 된 거라고요. 연구소는 나비의 원인을 밝히고 대처해야 할 책임이 있습니다."

"나비가 보이든 안 보이든, 결합감각 데이터를 수집했으면 된 겁니다. 연구소가 복지단체라고 생각하는 건가요, 설마? 예를 들어서, 감각동기화 테스트에 가장 공을 들인 장애 그룹 사용자들은 어떤가요? 플라이콘만으로 전보다 많은 '혜택'을 받고 있습니다. 아닌가요?"

팀장의 덤덤한 말투에 임도래는 머리 한쪽이 어딘가로 빨려 들어가는 느낌이었다. 조각 하나가 빠진 퍼즐이 맞춰지는 기분이 들었다.

팀장실을 나오며 임도래는 플라이콘 원격 담당부서의 인맥을 활용하기로 했다. 사용자들의 감각동기화 테스트와 플라이콘에 원격접속한 담당자들의 접속 기록을 확인해야 했다. 두 가지 조건에 모두 부합하는 인물이 임도래 머릿속에 선명했다. 임도래는 연구실로 발길을 돌리며 조예나의 고객센터에 메시지를 보냈다. 나비에 대한 원인을 찾았지만 정보가 더 필요하다는 내용이었다.

5

임도래는 작은 응접실에 서 있었다. 한가운데 놓인 패브릭 소파가 아늑한 공간과 잘 어울렸다. 누군가 소파에 파묻었던 몸을 일으키며 고개를 들었다. 조예나였다. 임도래가 지난번에 방문했던 조예나의 가상현실 속 고객센터와는 다른 공간이었다. 주위를 둘러보는 임도래를 향해 조예나가 먼저 입을 열었다.

"저번에는 분위기가 좀 딱딱했던 것 같아서 테마를 바꿔봤어요. 앉으세요."

맞은편 소파를 권하는 조예나의 손짓에 임도래는 소파에 앉았다. 막 건조된 이불처럼 소파의 질감은 보송보송했고, 적당한 온기를 품고 있었다.

"인터뷰 동의서 문서는 잘 받았어요. 나비에 대해서 더 알고 싶으시다고요?"

조예나가 테이블 위로 동의서를 건네며 임도래에게 물었다. 임도래가 문서를 향해 손짓하자 관리자 폴더에 문서가 빨려 들어갔다. 임도래는 살짝 미소지으며 답했다.

"나비가 조예나 님 말고 다른 사용자들에게도 목격되고 있는 거 알고 계셨나요?"

"네?"

조예나가 되물었다. 임도래는 고개를 끄덕이며 조예나에게 말했다.

"플라이콘은 사용자들과의 감각동기화를 기본으로 구동되고 있어요. 가상현실에서 조예나 님의 감각은 실제 감각같이 작동하는 거죠. 연구소는 사용자들의 감각 데이터를 수집해서 다른 감각들과 결합하는 방식으로, 다양하고 실제적인 가상현실 경험을 제공해 왔어요. 감각 네트워크라는 일종의 감각 창고를 사용하고 있는데, 아마 조예나 님의 감각 데이터 일부가 시각적인 이미지인 나비로 발현되어 네트워크상에서 전파된 것 같아요."

"나비가 복사라도 되었다는 뜻인가요?"

"사용자들마다 보는 나비는 저마다 색과 크기, 모양 그리고 날개짓마저 달라요. 같은 나비는 없어요. 하지만 중요한 것은 조예나 님이 나비의 시작점이라는 거예요."

"사실 저는 플라이콘을 사용할 때 계속 나비가 보인다면 그걸로 충분해요."

임도래는 시간을 확인하며 답하는 조예나를 보며 말했다.

"오래 걸리지 않아요. 나비 발생을 더 정확히 파악하기 위해서이니, 간단한 질문 몇 가지에만 답해주시면 됩니다.

초기에 제출하신 플라이콘 테스터 신청서를 찾아봤어요. 감각 수집을 위한 보호자 동의를 테스트 중간에 철회하셨던데…. 나비가 조예나 님의 접속 기록에서 보이기 시작한 것이 그 이후부터였거든요. 지금처럼 완전한 형태의 나비는 아니었지만 플라이콘 로고와는 완전히 다른 이미지가 시작된 것은 그때가 확실해요. 어떤 이유로 보호자 동의를 철회하신 건가요? 기록에는 어머니와 둘이 살고 계신 걸로 나오네요."

"플라이콘이 치료기기라서 처음에 동의를 하셨던 거예요. 장애 그룹에 있다 보니 성인임에도 불구하고 보호자 동의가 필요했고요. 처음 신청은 엄마가 먼저 했어요. 성감 도움 기능 개발로 이어지면서 엄마가 철회하셨죠. 그전에는 아무 말 안 하다가 그런 기능은 제게 필요 없는 거라면서…."

임도래는 말끝을 흐리는 조예나의 말에 보호자 동의서를 보여주던 동생이 생각났다. 임도래는 동생을 어린애 취급하지 않았고 인격적으로 대했다고 자부해 왔지만, 이는 임도래 혼자만의 생각이었다. 플라이콘이 필요 없다는 생각 역시 같았다. 동생의 목소리 대신 임도래는 자신이 인정하고 원하는 것만을 동생에게 강요하고 있었다. 동생과 플라이콘에 대해서 대화보다는 거절부터 시작했던 자신을 깨닫자 가슴속 한구석이 철렁 내려앉는 것만 같았다. 임도래는 잠시 눈앞이 흐려지는 것을 느꼈다. 입술을 깨물고는 다음 질문을 이어 갔다.

"보호자 동의가 철회된 이후에도 테스트 참여가 가능했던 건 본인이 사업자 등록을 냈기 때문이죠, 맞나요?"

"맞아요. 제 일을 시작하면서 테스트에 주도적으로 참여할 수 있었어요. 플라이콘을 사용하면서 재활 치료에도 속도가 더 붙게 되었고, 예전처럼 활동지원사가 하루 종일 필요하지 않게 되면서 그림을 시작했는데… 주문이 들어오면 그리기 시작해서 제 몸 상태에 맞춰 일정을 정하고 작업하고 있어요. 생활비 정도까지는 아니지만 어느 정도는 엄마에게 의지하지 않게 되었고요. 저에게는 이런 변화가 정말 중요했어요."

임도래는 조예나의 말에 고개를 끄덕이며 테이블을 두드렸다. 조예나와 임도래 사이에 나비가 떠올랐다. 조예나가 이곳으로 접속하면서 본 나비였다. 임도래는 나비를 돌아보며 조예나에게 물었다.

"나비에 대한 특별한 기억이 있나요? 플라이콘이 아닌 현실에서도 나비를 보나요?"

조예나는 임도래의 캐릭터 얼굴을 빤히 쳐다보더니 침묵을 깨고 답했다.

"담당자 님에게도 지금 나비가 보여요."

의아한 표정의 임도래를 향해 조예나가 테이블을 두드리자 눈앞에 있던 나비 대신 그림을 그리고 있는 조예나의 모습이 나타났다. 기억 속의 한 장면을 임도래에게 보여주려는 것이었다.

"창문을 열고 그림을 그리고 있었어요. 잔잔한 햇살과 함께 나비가 들어왔어요. 너무 아름다웠어요. 저는 나비를 향해 손을 뻗었고, 나비는 저를 지나쳐 엄마에게 날아갔어요. 엄마는 나비를 손으로 쳐서 쫓아버리려고 했고요. 같은 나비였지만 엄마와 나의 반응은 달랐어요. 그런 엄마를 보면서 갑자기 시간이 서서히 정지해 가는 것 같았어요. 그 순간이 지금도 생생해요."

테이블 위, 조예나가 바라보는 나비가 엄마의 얼굴에 겹쳐졌다. 나비의 몸통은 엄마의 코에, 활짝 펼쳐진 날개는 두 눈에. 조예나가 겹쳐진 나비와 엄마의 얼굴을 확대하며 임도래에게 말했다.

"접형골이에요. 사람 코와 양쪽 눈으로 연결되는 뼈. 나비 모양이죠. 그때 한창 미술 해부학 공부를 하던 중이어서 더 기억에 남았는지도 모르겠지만…. 그림을 그리게 되면서 조금씩 일상을 찾아가던 때였어요. 미지근한 햇살의 온도가 느껴졌고, 엄마의 얼굴에 살폿 포개지며 날아가는 나비의 날갯짓 소리가 들리는 것 같았어요. 사고 이후 처음으로 내 주변이 선명히 느껴졌던 날이에요."

임도래는 조예나와 다른 반응을 보였던 엄마의 행동이 궁금했다.

"나비를 쫓아버리려는 엄마가 어떠셨나요?"

조예나는 잠시 얕은 한숨을 쉬더니 답했다.

"엄마는 나비가 아니었어도 그랬을 거예요. 엄마는 자신에게 익숙하지 않은, 그래서 중요하지 않다고 여겨지는 것에 단호한 면이 있거든요. 그런 반응이었다고 생각해요."

"플라이콘에 대해 엄마와 이야기하시나요?"

이는 순전히 임도래 본인을 위한 질문이었다. 조예나는 잠시 말이 없었다. 기다리는 임도래에게 조예나가 입을 연 것은 수초의 시간이 흐른 뒤였다.

"아니오, 아직은 그런 대화가 어색하고 어려워요. 특히… 아시잖아요, 플라이콘이 요즘 어떤 의미인지…. 어찌 보면 플라이콘으로 자연스럽게 욕구를 해소할 수 있으니까 누구에게나 좋을 수도 있지만, 스스로 자연스럽게 사용하고 그걸 받아들이는 과정은 각자 다를 거예요. 플라이콘으로 제가 받은 위로와 안정이 제 일상을 새롭게 만들어줬어요. 엄마가 그걸 동의할 수 있을지는 모르겠지만요. 언젠가 엄마와도 대화든, 아니면 암묵적인 인정이든 익숙해지는 시간이 올 거라고 생각해요. 아직은 아니지만요."

임도래는 동생과 자신에게 놓인, 각자 선택할 수 있는 시간에 대해 생각했다. 서로에게 주어진 시간이 다르다 해도, 같은 곳을 보고 있다면 언젠가는 곧 겹쳐질 것이다. 그 시간을 가까이 그리고 멀리 움직이는 것도 결국 각자의 몫이었다. 시간의 끝은 서로를 향할 수도, 어쩌면 각자의 나비를 향할 수도 있었다. 자유롭게 날아다니는 나비를 보며 조예나에게 물었다.

"그때 봤던 나비가 플라이콘에 접속하면서 보는 그 나비인가요?"

조예나가 고개를 저으며 말했다.

"완전히 같진 않지만…"

조예나는 잠시 말을 멈췄다가 말을 이었다.

"알 수 있어요. 모양은 다르지만 그때 날 찾아왔던 그 나비라는 걸요."

조예나의 캐릭터가 엷은 미소를 지었다.

임도래 앞에 알림창이 떠올랐다. 조예나에게는 보이지 않는 관리자 전용 알림이었다. 임도래가 연구소장에게 신청한 프로젝트 담당자 교체 건이 승인되었다는 내용이었다.

임도래가 살짝 미소 지으며 조예나에게 말했다.

"앞으로 나비가 보이지 않는 일은 없을 거예요."

임도래의 말을 듣자마자 조예나가 물었다.

"어떻게요?"

"나비가 보이지 않는 오류가 방금 해결되었다는 소식을 받았거든요."

6

임도래는 연구실 전면을 가로지르는 대형 스크린 앞에서 분주했다. 그간 기록되었던 조예나의 감각로그들을 삭제하는 중이었다. 임도래를 따라다니는 화면 속 알림창이 깜박였다. 사내 전체 메시지로, 연구소 윤리법을 위반한 임원급 연구원 처벌에 대한 안내였다. 원격 담당부서에 남아 있는 팀장의 접속 기록은 대부분 삭제된 상태였지만, 복구가 가능했던 접속로그만으로도 그를 프로젝트에서 제외시키기에 충분했다. 성감 도움 기능을 사용하는 사용자들의 가상현실에 무단으로 접속했고, 심지어 그들의 사적인 경험을 개인 서버에 저장한 혐의였다.

임도래가 특히 강력하게 요청했던 것은 팀장의 감각 네트워크에 대한 즉각적인 접속 제한이었다. 감각 네트워크에는 조예나를 비롯하여 현재도 증가하고 있는 나비 목격자들의 결합감각과 그 원천인 센셸이 저장되어 있기 때문이었다. 임도래는 나비 목격자들의 초기 감각동기화 테스트를 진행했던 담당자를 확인했다. 예상대로 모두 팀장이었다. 잔잔한 물에 누군가 던진 돌. 단지 거기 있었다는 이유만으로 물은 원치 않았던 침입을 받아 요동쳐야 한다. 사람들은 너무나 쉽게 돌을 던진 이를 잊고는 물에게 스스로 이전으로 돌아가라고 말한다. 현실에서는 돌을 던진 자와 돌 모두 소리없이 사라지지만, 플라이콘의 가상현실 속 감각들은 허락 없이 침입한 돌을 알아보았고 그 돌을 던진 주체 역시 용납하지 않았다.

임도래는 팀장이 말했던 네트워크상의 감각 전파에서 나비 발생의 이유를 찾을 수 있었다. 플라이콘에 동기화되어 수집된 조예나의 감각은 그녀의 플라이콘에 팀장이 무단으로 접속했을 때, 그를 외부에서 침입한 감각이라고 인식하고 있는 듯했다. 나비 목격자들이 나비가 보일 때 안정을 찾게 되는 것도 같은 맥락이었다. 반대로 나비가 보이지 않을 때, 사용자들이 공통적으로 느꼈던 불안감과 불편함은 외부의 인위적인 결합감각에 대항하려는 자의적인 방어 시스템으로 발현된 것이다. 개개인의 감각 밸런스를 구축하기 위해, 사용자들은 미처 느끼지 못했지만 그들의 감각은 플라이콘에 남아 스스로 진화하여 자신의 소속, 주인을 위협하는 침입을 방어하고 있었다.

임도래는 플라이콘에 접속해 관리자 모드를 열었다. 임도래가 감각 네트워크에 새롭게 추가한 '안전 모드'는 사용자 개개인의 감각을 기반으로 구동되고 있다. '안전 모드'는 플라이콘 기존 사용자는 물론 예비 사용자에게도 든든한 울타리가 되어줄 것이다. 임도래는 감각 네트워크에서 머릿속에 박혀 있던 조예나의 눈동자를 만났다. 삶의 경계에서 잃어버린 감각을 찾고 싶다고 말하던 결의에 찬 눈동자, 도움을 구하며 내밀었던 손짓과도 같았던 눈동자. 이제는 '안전 모드'에서 결합되어 새롭게 진화한 감각들이 건네는 그들의 기억이 있다. 임도래는 나비로 시작했지만 감각 네트워크 안에서 이전과 다르게 발현되는 감각이 더 넓게 더 멀리 퍼져 나갈 거라고 생각했다. 사용자의 편안함은 외부에서 인위적으로 조절할 수 없는 것이었다.

임도래는 플라이콘을 떼어 케이스에 넣었다. 플라이콘 로고 대신 케이스 위에 붙어 있는 리본이 마치 금방이라도 날아오를 것 같은 나비 같았다. 퇴근 준비를 하면서 임도래는 동생이 한눈에 알아볼 이 케이스가 동생에게 어떤 표정을 짓게 할지 생각하자 엷은 웃음이 나왔다. 기분이 좋을 때도 빠르게 손짓하며 한가득 수어를 쏟아내는 동생의 활짝 웃는 얼굴 위에 나비가 앉아 있을 것 같다고 생각했다. 익숙해지는 시간 동안 아마 당장 만나지 못하더라도 동생은 자신의 시간에 맞게 그녀를 기다리고 있는 나비를 만날 것이다.

7

조예나는 플라이콘 고객센터가 보내온 장문의 메시지를 막 다 읽은 참이었다. 플라이콘 내부 불찰로 인해 심각한 피해를 입은 사용자들에게 보내는 전체 메시지였다. 사용자가 승인하지 않은 외부 접근과 사용자의 가상현실 데이터를 사고 발생 이전으로 복구했다는 것과 함께 안전한 플라이콘 접속이 가능하다는 내용이었다. 회사의 공식 입장이 나오기 전, 조예나는 원격접속 담당자에게 충분한 설명과 대책을 안내받았다. 안전한 접속을 위한 사전 테스트에 앞서 조예나는 플라이콘 계약 철회 여부를 결정해야 했다. 하지만 조예나는 철회를 선택하지 않았다. 조예나가 연구소와 같이 고소 주체로서 참여하게 되었기 때문이었다. 또한 새로 부임한 담당자가 마련한 '안전 모드' 접속에 대한 믿음도 그녀의 결정을 굳건히 만들어줬다.

조예나는 여느 때처럼 플라이콘 접속을 준비했다. 휠체어를 침대 옆에 수평으로 고정시켰다. 휠체어가 180도로 젖혀지며 보조 기구가 조예나를 침대 쪽으로 밀었고 조예나는 다리를 정돈한 다음, 주머니에서 플라이콘을 꺼내 눈썹 옆에 붙였다. 진동과 함께 둔탁한 통증이 느껴졌다. 익숙한 안내 음성이 들렸다.

플라이콘에 접속한 고객님, 환영합니다. 감각동기화가 곧 시작됩니다.

조예나는 잠자코 다음 화면을 기다렸다. 색과 모양, 맛, 소리, 냄새, 촉각을 순서대로 테스트했다. 감각 만족 수치가 가득 채워지자 조예나는 이내 플라이콘 접속 페이지로 바뀐 화면 한구석에서 희미하게 들리는 소리에 집중했다.

파득 파득 파드득.

날갯짓 소리. 무지갯빛 나비 한 마리가 조예나의 주위를 날아다니기 시작하더니 이내 사방에서 피어올랐다. 조예나는 다시 만난 나비를 향해 손을 뻗으며 살짝 미소 지었다. 하나둘씩 번지며 조예나의 플라이콘을 채워 가는 나비는 그녀가 뿌리내린 감각의 시간 자체였고 셀 수 없이 많은 나비가 조예나와 함께했지만 그들은 하나였다. 빛나는 입자의 파동 같은 나비의 날갯짓, 지구상의 모든 오로라가 펼쳐진 것처럼 다양한 색의 스펙트럼으로 촘촘히 겹쳐진 그들만의 공간은 아름다웠다. 입자들이 이룬 거대한 강의 물결처럼 나비는 우아하게 그리고 끊임없이 움직였다.

후기

「나비의 경계」는 장애여성과 성(性), 그리고 청소년과 여성이 가상현실 기술이 대중화된 사회에서 어떤 영향을 받을 것인가에 대한 질문에서 자란 이야기다. 가상현실에서 개개인의 감각이 발현되는 지점을 상징하는 나비는 이전과 다르게 진화한 감각을 뜻하며 그래서 경계(警戒)하는 나비, 경계(境界)를 넘는 나비이기도 하다. 글을 쓰면서 스스로도 깨닫지 못했던 내 안의 편견과 선입견을 만났다. 그러나 이런 만남으로 반성과 배움을 얻었고 주변의 조언들과 함께 많은 목소리가 하나의 이야기로 모일 수 있었다.

세상에는 다양한 사람과 그들의 이야기가 존재한다. 소수의 목소리는 잘 들리지 않으나 우리는 그들의 이야기를 듣고 더 많이 알아갈수록 그만큼 더 넓게 연결될 수 있으며, 그렇게 이전과 다른 시각으로 세상을 보고 이해하게 된다. 「나비의 경계」를 기점으로 이전과 이후의 나를 만나게 된 것이 개인적으로 무척 벅찬 경험이었다. 이 경험을 함께 나누며 서로를 알아갈 수 있다면 좋겠다.

감사의 말

「나비의 경계」는 장애여성에 대한 페미니즘 수업을 들으면서 시작되었고 도움주신 분들의 목소리가 연결되어 세상에 나오게 되었습니다. 많은 조언과 격려를 아끼지 않고 도와주신 페미니즘 회화수업 Ally 선생님, 바쁜 중에도 자문과 검수를 맡아주신 장지혜 님, 문화진 님, 김효진 님, 페미니즘 수업과 강의를 운영하는 페미니즘 북카페 두잉 김한려일 대표님께 감사드립니다.

마더 메이킹

김하율

"뭘 만들라고요?"

존은 자신이 잘못 들었다고 생각했는지 되물었다. 밥은 킴의 짓궂은 표정을 보며 그녀가 매우 재밌어 하고 있다는 것을 알았다. 인생을 게임하듯 사는 사람이었다. 바로 그런 삶의 태도가 자신의 상상력에 제약을 걸지 않는다고 킴은 믿었다.

"모성 호르몬이라, 흥미롭지 않나? 각자 레시피를 짜보도록."

구미가 당긴다는 듯 양손바닥을 마주 비비며 킴이 말했다. 이렇게 경쟁 구도를 만들고 지켜보는 것도 그녀가 잘하는 것 중 하나였다. 원래는 리까지 세 명이었지만 지금은 회사의 에이스로 밥과 존, 두 명이 남았다. 그들은 서로

경쟁하듯 감정 호르몬제를 만들어냈다. 각자 성향이 달랐기에 지켜보는 킴으로서는 매우 즐거운 일이었다. 이를테면 밥이 '성취감'을 만들었을 때 존은 '위로의 감정'을 만들었고, 밥이 '죄책감'을 만들었을 때는 보란 듯이 '자존감'을 만들었다.

"의뢰인이 누구죠?"

밥이 물었다.

"우리가 언제 의뢰인 알고 일했나?"

킴이 한쪽 눈썹을 올리며 대꾸했다. 사인펜으로 그린 것처럼 얇은 눈썹이 독립된 개체처럼 혼자 위로 올라갔다 내려왔다.

"그래도 사전 정보가 있으면 상상하는 데 도움이 되겠죠."

존도 궁금했던지 한마디 보탰다.

"그냥 애국한다고 생각해."

킴은 밥과 존의 질문을 일축하고 커피로 손을 뻗었다. 주문을 받는 자는 회사 대표인 킴이었고 밥과 존은 그 아래에서 묵묵히 만드는 자들이었다. 성취감 호르몬제는 한 기업에서 매너리즘에 빠진 직원들의 업무 향상을 위해 의뢰했던 프로젝트였다. 이직률은 낮추고 성과는 올리기 위해 사기가 떨어진 직원들을 대상으로 했다. 성과는 좋았다. 그 기업의 작년 대비 영업이익이 증가한 것은 전적으로 감정 호르몬제 도입 때문이라고 킴은 말했다. 밥은 어깨가 으쓱했다. 그런데 이번엔 모성이라니. 지금껏 만들어 온 감정과는 달리 난해하고 복잡하게 느껴졌다.

"여기서 말하는 모성이란, 여성만의 소유물이 아니야. 새끼같이 연약한 것을 연민하고 보호하려는 헌신과 인내야. 인류 공통의 감정이지."

킴의 부연 설명을 들으며 밥은 문득, 어린 시절 키웠던 개를 떠올렸다. 새끼 때부터 자신의 침대에서 같이 재울 정도로 애지중지했던 개였다. 결국 차에 치어 죽었지만. 그 개를 잃었을 때 난생 처음 오열했던 것을 떠올리며 그게 모성이었을까, 잠시 생각에 잠겼다.

"하지만 실제로 이걸 주입하게 될 대상은 여자들이지."

"모성을 말입니까?"

존이 물었다.

"그렇다네."

킴은 대답 끝에 검지로 왼쪽 뺨을 긁더니 잠시 후 덧붙여 말했다.

"너무 관념적으로 생각할 거 없어. 상상해봐. 이 감정 호르몬제를 맞게 되면 말이야, 자신의 아이를 끔찍하게 위

마더 메이킹

하면서 어떤 희생이라도 치를 수 있는 헌신이 준비 태세에 있고, 인내심이 강철처럼 강해지며, 아이를 물심양면으로 보호하고 키우게끔 양육자들, 그러니까 여자들을 조종하게 되지. 어떤가, 레시피가 머릿속에 막 떠오르나?"

킴은 이런 순간 가슴이 뜨거워진다고 했다. 여러 동식물의 이미지가 머릿속에 엉키며 레시피 코드들이 저절로 떠오르는 순간, 황홀감에 젖는다고.

'가슴은 뜨겁게, 머리는 차갑게'.

킴의 연구실 현판에는 정말 이렇게 쓰여 있다. 밥은 그 문구를 볼 때마다 웃기다고 생각했다.

"왜 여자들만 맞죠?"

뜨거워진 킴에게 존이 찬물을 끼얹듯 물었다.

"뭐?"

"양육자가 남자가 될 수도 있는 거잖아요."

"애를 낳는 건 아직, 여자들의 몫이지. 안 그런가, 수석 연구원?"

킴이 고개를 살짝 들어 존을 내려다보며 말했다.

"낳는 거랑 키우는 건 다른 거죠."

그냥 거기까지 하지. 밥은 존의 옆모습을 바라보며 속으로 말을 삼켰다.

"이건 어디까지나 의뢰인의 주문이야. '여성을 대상으로 한 모성 호르몬제' 생산."

킴이 이제 좀 피곤하다는 뉘앙스를 풍기며 말을 줄였다. 그만 나가보라는 의미였다. 밥이 엉덩이를 뗀 반면, 존은 팔짱을 꼈다.

"모성은 원래 엄마라면 있는 건데 그걸 왜 굳이 주입해야 하죠?"

밥은 존이 질문하는 통에 다시 엉덩이를 의자에 붙였다. 눈치 없는 존이 얄미웠지만 실은 밥도 같은 생각이었다. 모성이 없는 엄마도 있나.

"그렇게 생각해? 엄마가 되면 모성이 저절로 나온다고?"

킴이 턱을 괴며 말했다.

"자네는 어때? 리도 그런 거 같아?"

킴의 시선이 밥을 향했다. 아직도 경멸이 살짝 섞인 차가운 눈빛이었다. 밥은 시선을 피했다. 리가 화제로 오르면 분위기가 불편해졌기 때문에 리에 대한 이야기는 되도록 하지 않았다. 암묵적으로 그랬다. 세 사람뿐 아니라 회사에서, 리는 어느 날 홀연히 사라진 존재가 되었다.

"모성이 뭔지는 나도 몰라. 하지만 출산 시 도파민과 옥시토신 그리고 젖 분비를 촉진하는 프로락틴이 나온다는 건 알지. 그건 생물이라면 다 그래."

킴은 혼자 살며 스스로를 자웅동체라고 말했다. 양성애자도 아닌 자웅동체라니. 비혼주의 독신주의 젠더 어쩌구 이런 거 나는 모르겠고 난 그냥 나야라고, 앞에서 그녀는 멋지게 말했지만 실은 돈과 결혼한 거라고 직원들은 뒤에서 수군댔다. 정말 돈을 잘 벌었기 때문이다. 과학자가 사업까지 잘하기는 쉽지 않은 법인데 킴은 둘 다 잘했다.

"인간의 생애 주기가 개의 몇 배지?"

킴이 존을 향해 물었다.

"열 배에서 열다섯 배 정도죠."

선생님께 야단맞는 학생처럼 존이 마지못해 대답했다. 한편 밥은 혼나는 것을 구경하는 옆자리 아이 같은 의기양양함과 자신에게 불똥이 튈까 싶은 조마조마한 마음으로 이를 지켜보았다. 킴의 목소리에 이미 짜증이 배어 있었기 때문이다.

"이 년이 지나면 개는 이십대 중반에서 서른이 되지. 이미 성견이야. 그런데 인간은? 아직 똥오줌도 못 가리지. 그런데 호르몬은 얼마나 지속되지? 도파민 육 개월, 옥시토신 육 개월, 프로락틴 일 년. 다른 동물들은 가능해. 하지만 인간은 자체 호르몬만으론 생애 주기를 따라잡을 수 없어."

"여전히 인간을 화학반응에 작동하는 프로그램으로만 보시는군요."

존이 씁쓸하게 웃으며 말했다. 저 시니컬한 표정은 본인은 아나 모르겠지만 상대로 하여금 무시당하는 느낌을 준다. 그리고 킴도 방금 똑같은 걸 느낀 듯했다.

"너, 이 자식! 어디서 잘난 척이야? 응? 아주 주둥이를 찢어버릴까 보다."

또 시작인가. 킴의 입에서 '이 자식'이라는 단어와 '찢어버리겠다'라는 말이 나오는 순간, 삼 분 안에 이 자리를 벗어나야 한다는 건 회사 직원 모두가 아는 사실이었다. 킴의 인내와 교양이 한계에 다다랐다는 신호니까. 누구보다 잘 아는 존은 그럼에도 불구하고 그냥 버텼다. 그러다 정말 찢어발겨졌다. 주로 얼굴이, 매번 마음이. 그런 존을 밥은 이해할 수 없었다. 정말 매저키스트가 맞는 거 같았다.

"인간에게서 화학반응을 빼면 뭐가 남아? 응?"

킴이 손톱을 슬슬 드러내며 말했다. 존을 잡고 튀어야 할지, 킴을 말려야 할지 눈치를 보다가 나는 왜 이들 사이에서 항상 이런 존재여야 하는지 밥은 한숨이 나왔다.

존은 어릴 때 이민을 간 교포였다. 한국어를 완벽하게

구사함에도 불구하고 어딘지 모르게 이국적인 분위기를 형성하는 이유는 그가 한국적 마인드를 이해하지 못하기 때문이었다. 그래서 전형적인 한국인 오너, 킴과 자주 부딪쳤다. 성취감 호르몬제 때도 같은 상황이었다. 호르몬제를 의뢰했던 기업에서 좋은 성과가 나오자 킴은 본인의 회사에도 적용하고 싶어 했다. 직원들에게 성취감 호르몬제를 의무적으로 투여하라고 했을 때 가장 반발했던 사람도 바로 존이었다.

이직률이 늘어나고 능률이 떨어진다면 왜 그런지 이유를 먼저 생각해봐야 하는 게 상식 아니냐고 존은 말했다. 출퇴근 시간을 지키고 야근 수당을 제대로 지급하고 직장 내 어린이집을 만들어서 안심하고 일할 수 있게 하고. 참, 구내식당 퀄리티도 높이고. 그럼 될 걸 왜 우리가 호르몬제를 투여해야 하느냐고, 겁도 없이 천연덕스럽게 눈을 동그랗게 뜨고 무구한 눈빛으로 킴에게 말했다. 그때도 밥은 존의 옆모습을 보며 맞는 말만 골라 하는 그가 얄미웠다. 하지만 그때, 킴은 뭐라고 했나.

저녁이 있는 삶에 대한 이야기라면 너 그냥 내일부터 집에서 아침점심저녁이 있는 삶을 살아. 여긴 내 회사니까. 너야말로 그런 회사로 이직하든지.

킴이 손톱을 드러내자 존은 자리에서 벌떡 일어나 문을 박차고 나갔다. 그런 존의 뒷모습을 보며 킴이 들으라는 듯 큰 소리로 말했다.

혼자 똑똑한 척은! 그걸 누가 모르냐? 응? 몰라?

본인이 아는지 모르겠지만 직원들은 킴을 '킹'이라고 불렀다. '여긴 내 회사니까'라는 말을 입버릇처럼 했기 때문이다. 문을 박차고 나갔던 존은 다음 날 기죽은 모습으로 출근했다. 찾아봤지만 이 나라엔 그런 회사가 없다는 걸 깨달은 모양이었다. 그후 한동안 두문불출하던 그가 새로운 호르몬제를 하나 만들어 나타났는데 그게 바로 '죄책감'이었다. 자기 잘못을 인정하지 않는 뻔뻔한 인간들에게 투여하면 우울증과 자괴감으로 고통을 줄 수 있는 감정이었다.

소시오패스나 사이코패스로 진단된 흉악범들에게 실험한 결과 효과가 있었다. 이 호르몬제 또한 시장성이 입증되자 킴은 나가라고 할 땐 언제고 정말 나갈까봐 성과급을 지급하고 휴가를 주는 등 존을 다시 예뻐하기 시작했다. 성취감 호르몬제 의무 투여도 없던 일이 되었다. 그런데 또 시작인 것이다. 킴에게 깨지고 나온 존은 문 밖에서 씩씩대며 말했다.

"한국 정말 이상해. 이상한 나라야."

저런 말을 할 때마다 밥은 존에게 경멸의 감정을 느꼈다. 한국에서 태어나 한국인 부모를 두고 한국 여자와 사귀고 있으면서, 누구보다 더 한국인처럼 생겼으면서. 여기서 이상한 사람은 바로 본인이라는 것을 모르는 것 같았다.

밥은 아이 옆에서 지쳐 잠든 아내를 가만 바라보았다. 결혼을 하고 아이가 계획에 없었던 것은 아니었다. 그 계획이 막연하고 관념적인 것에 반해 실제 임신 출산 육아는 너무나도 현실적이어서 새로운 게 닥칠 때마다 매번 화들짝 놀라야 했다. 그렇게 임신 기간 내내 우울하던 아내는 출산 후 상황이 더 안 좋아졌다. 아이를 낳고 두 달 후 다시 출근했지만 전처럼 일중독자로 살 수 없다는 것을 한 달만에 깨달았다. 하나를 취하면 하나는 버려야 하는 본인의 성격을 누구보다 더 잘 알았기 때문이다.

영아의 보호자는 24시간 내내 경계 태세에 있어야 하는 존재였다. 일정한 수면과 영양을 제 시간에 공급받지 못하면 인체는 내분비에 교란이 온다. 호르몬이 제대로 작동하지 못하면 만성 우울증과 대사증후군에 빠지게 된다. 아내는 출산 후 머리카락이 속수무책으로 빠지고 붓기는 빠지기도 전에 살이 되어 버리고 늘어난 뱃가죽을 가로지르는 거뭇한 임신선과 튼살의 흔적들을 보며 절망했다. 그중 가장 괴로워한 것은 바로 '모성'이라 불리는 감정이었다.

"난 모성이 없는 거 같아."

어느 날 아내가 고해성사를 하듯 말했다.

"아기가 안 예쁜 건 아니지만 솔직히 버거운 적이 더 많고, 축복이라 생각하지만 짐이라고 생각한 적이 더 많아. 이거, 정상 아니지? 엄마라면, 모성이 있다면 애가 예뻐 죽고 본능적으로 피가 막 땡기고 그래야 하는 거잖아. 그치?"

아내는 밥에게 물었다. 동의를 구하는 간절한 눈빛이었다. 솔직히 밥도 아기가 예쁘지만 귀찮은 적이 더 많다는 점에서는 동의했지만 입 밖으로 내지는 않았다. 밥이 생각하는 모성의 이미지는 그런 게 아니었으니까. 아내는 밥으로부터 공감도 위안도 얻지 못하자 죄 사함을 받지 못한 신자의 어두운 얼굴이 되어 자리에서 일어났다.

언젠가 존은 이런 말을 한 적이 있다. 자신이 호르몬제를 디자인할 때 가장 중점으로 두는 것은 그걸 사용하게 될 사람이 아닌 사용했으면 하는 사람이라고. 그 호르몬제를 주입하고 싶은 사람을 떠올리면 성분들이 머릿속에 일렬종대로 저절로 모인다고. 얼마 전 그가 만든 '죄책감'을 상기하자 밥은 고개가 절로 끄덕여졌다.

"언제 왔어?"

아내가 끙, 일어나며 말했다. 출산을 한 후 아내는 몸을 일으킬 때마다 '끙' 소리를 냈다.

"막 들어왔어."

밥은 식탁 위의 잔해들을 눈으로 훑으며 오늘 아내가 섭취한 것들을 추측했다. 크래커, 커피우유, 캬라멜, 컵라면. 도움의 손길을 구할 수 없는 상황에서 아내의 완벽주의적인 성격은 오히려 화를 불러왔다.

"이건 재앙이야."

소파에 앉아 왼쪽 가슴을 드러낸 아내가 말했다. 하얗게 부푼 젖가슴이 유축기의 압력에 따라 무기력하게 움직였다. 곧 오른쪽 가슴의 유두에서도 젖이 흘러 티셔츠를 서서히 적셨다. 의지와 상관없이 자극에 의해 반응하는 자신의 신체 일부를 아내는 무심하게 바라보았다.

"특보 수준이야."

아내는 현시점부로 자신의 삶에 재앙특보를 발동시키겠다고 말했다. 아내는 어릴 때 화상을 입은 적이 있다. 펄펄 끓는 주전자가 엎어지면서 물이 발등에 쏟아졌다. 유년의 기억은 늘 병원에서 시작해 병원으로 끝났다. 지금도 얇은 상처가 남아서 아내는 한 여름에도 샌들을 신지 않았다. 아내가 입버릇처럼 말하던 그 사건이 재앙경보였는데 지금이 특보라니. 밥은 현재 상황이 얼마나 심각한지 체감이 됐다. 문득, 킴의 말이 떠올랐다.

애국한다고 생각해.

매국을 할 생각은 없지만 그렇다고 애국할 생각도 없었는데. 다만 부모가 되고자 했을 뿐인데, 이건 좀 곤란한 상황이라고 생각했다. 주위를 둘러보면 출산율은 입동이 지난 낙엽처럼 떨어지고 있었다. 정부는 여러 정책을 내놨으나 큰 호응을 얻진 못했다. 급기야는 전국 가임기 분포도에 이어 난소 나이 분포도를 만들어 발표했다. 이제 1년에 한 번씩 난소 나이를 검사하는 것은 의무가 되었고 매년 검사를 갱신하지 않으면 벌금을 물었다. 자동차 정비검사보다도 더 자주 돌아왔다. 일부 여자들은 폐경이 되길 손꼽아 기다렸다.

아내는 유축기에 가슴을 맡기고 허공에 시선을 두었다. 초점 없는 눈빛에선 예전의 생기를 찾아볼 수 없었다. 밥은 오른쪽 티셔츠의 물기가 점점 번져 아내의 가슴에 커다란 원을 그리는 것을 바라보았다. 그건 마치, 뻥 뚫린 구멍처럼 보였다.

밥은 레시피에 착수했다. 국제호르몬원료집(IHID: International Hormone Ingredient Dictionary)을 집었다. 손에 익은 묵직함이 느껴졌다. 감정 호르몬제를 만들 때 가장 중요한 것은 상상력이다. 그 감정을 물리적으로 분석해서 최대한 근접한 호르몬들을 황금비율로 제조하는 것. 그게 관건이었다. 그러기 위해서는 기존 원료에 대한 해박한 이해는 필수였다. 새로운 원료를 찾아내 실험을 거쳐 그 효과가 입증되면 원료집에 등재됐다. 조감사로서 이는 매우 영광스러운 일이었다.

이 원료집 안에는 킴의 이름도 있다. 킴은 학문적으로 매우 훌륭한 스승이었다. 동·식물을 비롯하여 곤충계까지 호르몬의 작동 원리를 누구보다도 잘 알았다. 박학한 지식과 자유로운 상상력이 결합했을 때 그가 보여주는 감정의 세계는 너무나도 광활하고 입체적이어서 밥은 질투로 가슴이 뜨거워지곤 했다. 그건 라이벌인 입사 동기 존도 동의하는 바였다. 하지만 오너로서 킴은 존의 표현을 빌리자면 '윤리의식'이 부족했다. 돈을 가져오는 의뢰인이라면 그가 원하는 무엇이든 만들어주었다. 그때마다 존은 괴로워했다. 그런 존을 두고 킴은, 그녀의 표현을 따르자면 '드리머'라고 불렀다.

내, 저 친구 딱 보는 순간 존 레논이 떠오르더라니까.

킴이 종종 하는 말이었다. 그래서 존이 된 거였군. 그럼 내 얼굴을 보고는 밥이 떠오른 걸까. 밥은 그때마다 자신의 이름에 의문을 품었다. 입사와 동시에 킴은 직원들에게 회사 내에서 불릴 이름을 지어주었다. 그 이름이 자신의 정체성이 된다. 그 외의 다른 배경은 중요하지 않았다. 킴은 오로지 실력만으로 평가해서 줄을 세웠다. 뭐 그렇다고 신중하게 작명하는 것 같진 않았다. 얼굴을 보며 떠오르는 이미지나 본명에서 한 글자를 갖고 오는 정도였다. 그럼에도 직원들은 모두 자신의 사명을 마음에 들어 했다. 이 바닥에선 전설인 킴이 내린 이름이니까.

한 달 후, 밥은 레시피를 완성했다. 그가 국제호르몬원료집에서 신중히 고른 항목은 다음과 같다.

TH2-H1205

DTH-F0406

OMH-C0313

MUH-EN0805

DIH-END0105

$IC^2\text{-}Ja$

이 코드를 언어로 번역하면 이렇다.

호랑이 사냥 호르몬: [주성분] 외로움, 결핍, 집념의 아드레날린

지빠귀 첫 비행 호르몬: [주성분] 두려움과 설렘의 세라토닌

산낙지 절단 호르몬: [주성분] 긴장과 도피의 노르에피네프린

노새 지구력 호르몬: [주성분] 초인적인 힘의 엔도르핀

파리지옥 인내심 호르몬: [주성분] 각성 촉진의 오렉신

호랑가시나무의 자스몬산: [주성분] 방어기제 젖산

여기에 옥시토신 소금과 프로락틴 후추를 살짝 가미하고 도파민 참기름 한 방울을 떨어뜨리면, 짜잔! 강력한 모성 호르몬제 완성이요.

밥은 팔짱을 끼고 레시피를 뚫어지게 쳐다보았다. 누군가 이 레시피를 본다면 로보캅을 만드는 줄 알 것 같았다. 하지만 실제로 인간을 비롯한 여러 동물의 모성 호르몬을 분석해보면 이 레시피와 크게 다르지 않았다. 외로움과 결핍, 두려움과 설렘, 긴장과 각성, 방어력과 초인적인 힘을 내포하고 있었다. 이토록 야만적이고도 파괴적인, 강력한

감정은 처음이었다. 밥은 묘한 전율이 척수를 타고 흐르는 것을 느꼈다.

존의 레시피가 궁금했다. 존도 자신처럼 이렇게 흥분하고 있을까. 존이 이 조합을 어떻게 해석했을지 알고 싶었지만 자존심상 대놓고 물어볼 수는 없었다. 밥은 딘에게 전화를 해서 저녁 약속을 잡았다. 딘은 원재료 담당관리 부서에서 근무하는 후배였다.

간단히 저녁을 겸한 맥주를 마시며 딘은 존이 요청한 원재료 리스트를 살짝 귀띔했다. 그중 밥이 파안대소한 항목은 EPA-END5008이었다. 그건 동상 걸린 황제펭귄에게서 추출한 인내심 호르몬이었다. 같은 인내심이라 해도 그 성분이 미묘하게 달랐는데 파리지옥의 인내심에는 각성이라는 베이스 외에는 특별한 화학 성분이 잡히지 않는다. 하지만 황제펭귄의 것에는 각성 베이스 외에 다른 것이 존재했다. 매우 희미하게 미량인 탓에 그런 성분들을 고스트 팩터(Ghost Factor)라 불렀다. 너무 미세한 성분이라 결과값에 영향을 줄 때도 있고 주지 않을 때도 있기 때문이다. 밥은 그런 우연성을 용납하지 않았다. 자신이 선택한 호르몬의 정확한 용량 외에 그 어느 것도 첨가되어서는 안 됐다. 밥과 존의 결정적인 차이가 바로 여기에 있었다. 그 호르몬의 고스트를 알고 있었기에 밥은 딘과 잔을 부딪치며 다시 한 번 웃지 않을 수가 없었다. 동상 걸린 황제펭귄이라니 맙소사. 국제호르몬원료표에 의하면 그 고스트의 이름은 다음과 같다.

HOPE.

밥은 존의 그런 낭만성을 경멸했다. 매저키스트 주제에. 얼마 전 결혼을 전제로 오랜 기간 만났던 연인과 헤어진 후 존은 지옥의 나날을 보내고 있었다. 이 회사의 누구도 서로의 본명을 몰랐지만 사생활은 이상하게도 잘 알게 되는데 그건 호르몬제 때문이었다. 그날의 컨디션에 따라 호르몬제를 복용하기 때문에 어제 무슨 일이 있었는지, 요즘 어떤 상태인지 자연스럽게 알게 된다. 그건 마치 오늘 아침엔 투샷 블랙커피를 마실지, 허브티를 마실지 비타민 음료를 마실지 결정하는 것과 같았다.

존이 최근 실연을 했다는 건 가벼운 호르몬제조차 복용하지 않는 것을 보고 알았다. 호르몬제 치료를 받으면 도움이 될 텐데 그 흔한 도파민 한 번 맞지 않고 독하게 버티고 있었다. 그런 고행 길을 걷는 것을 보고 밥은 존에게 물었다.

"혹시 고통이라는 감정을 즐기는 거야?"

그러자 존은 밥에게 희미한 미소를 지으며 말했다.

"가장 부작용 없는 약은 시간이야. 리는 알 텐데…."

존의 말에 밥은 분노의 감정을 느꼈다. 알지, 잘 알지. 시간에는 비용이 드니까. 시간처럼 비싼 건 없으니까 이깟 호르몬 칵테일로 다들 대체하고 있는 거 아닌가.

애초에 성형이 의료용이었던 것처럼 호르몬도 치료제였다. 실연의 상처를 좀 더 빨리 낫게 해주는, 자존감을 좀 더 빨리 올려주는, 매너리즘을 좀 더 빨리 벗어버리는 용도로 처방했다. 하지만 시간을 아긴다는 것과 감정의 소모가 적다는 점이 부각되면서 비용을 아끼는 길로 들어서기 시작했다.

덩달아 감정을 화학적으로 만드는 직업인 조감사도 선호 직업이 되었다. 향기에는 저작권이 없지만 감정에는 있었기 때문이다. 자신이 만든 화학감정이 상용화되면 수입이 지속적으로 들어왔다. 같은 감정이라도 하늘 아래 같은 레시피는 없었다. 대기업들이 호르몬제 사업에 뛰어들기 시작하면서 시장은 커졌고 경쟁하듯 감정들이 쏟아져 나왔다. 바야흐로 호르가즘의 시대였다. 이제는 비타민음료나 자양강장제를 판매하듯 가벼운 호르몬제는 편의점에서도 살 수 있다. 콘돔 옆에는 옥시토신 비강 스프레이가 있었고 고카페인 각성음료 옆에는 세라토닌이 함유된 푸딩을 팔았다. 수면유도제인 멜라토닌 사탕과 졸음을 방지하는 오렉신 껌이 나란히 진열됐다.

물론 존의 말도 맞았다. 부작용은 늘 존재했다. 이런 저런 호르몬 제제에 노출된 인체는 내전의 잠재적 위험을 안고 있는 위태로운 땅과 같다. 독감 바이러스가 몸에 들어와 면역계와 싸우다 나가는 것은 정상적인 일이다. 하지만 내분비의 균형이 깨지고 신체의 항상성이 무너지는 것, 그건 비정상적인 일이다. 균형이 돌아오기까지 시간이 오래 걸리고 그 안에 어딘가 하나 꼭 고장이 나기 때문이다. 하지만 감정 호르몬제의 신속함과 편리함에 한번 빠져들면 끊기가 쉽지 않았다.

긴 이별의 과정을 선택하고 묵묵히 걸어가는 존. 그런 존의 굽은 등을 보며 밥은 혐오의 감정을 느꼈다. 저런 놈이 조감사라니. 심지어 히트 제조기였다. 그가 만든 호르몬제는 작품이라는 말이 붙었고 팬층도 두터웠다. 줄 세우기를 좋아하는 킴은 실적을 통해 연봉을 정하고 넘버를 매겼다. 리가 회사에 있었을 당시 존과 밥 세 사람은 앞서거니 뒤서거니 넘버 원, 투, 쓰리를 번갈아 했다. 킴의 천박

하지만 적나라한 방식은 그녀의 의도를 적중시켰다. 등수를 공개당한 전교 1, 2, 3등의 심정이 되어 세 사람은 실적을 악착같이 낼 수밖에 없었다. 넘버원을 차지하기 위해. 그런 수고가 있음에도 불구하고 넘버원의 자리는 고정적으로 리에게 돌아갔다. 그 뒤의 넘버 투와 쓰리를 존과 밥이 번갈아 가며 할 뿐이었다. 밥은 존이 일부러 리를 언급했다고 생각했다. 자신의 자격지심을 건드리기 위해서.

다시 한 달이 지나 밥은 모성 호르몬제 베타 버전을 완성했다. 빠른 효과를 위해 정제가 아닌 펜슬주사기로 제형을 바꿨다. 이름하야 '모성 주사'. 그러자 작명 센스 좀 보라며 성형외과에 가서 연구 좀 하고 오라고 동료들로부터 타박을 받았다. 밥은 성형외과의 산실이자 메카라 하는 서울의 압구정동을 한 바퀴 돌고 오려고 길을 나서다가 문득, 내가 왜?라는 의문이 들었다. 밥은 집으로 발걸음을 돌렸다. 그쪽 전문가를 깜박 잊고 있었던 것이다.

"웬일이야? 이렇게 일찍?"

밥의 이른 퇴근에 아내가 의아해하며 물었다.

"요즘 유행하는 주사가 뭐지?"

"왜? 이름 짓는 거야?"

아내가 척하고 알아챘다.

"요즘 샤넬 주사가 유행이야. 탬버린 윤곽 주사라는 것
도 있고."

"으흠?"

"슬림코 주사도 있고 한물갔지만 물광 주사도 있고 요즘
애들이 한다는 개강여신 주사라는 것도 있대. 동안 주사,
신데렐라 주사…."

아내의 입에서 끝도 없이 주사가 쏟아져 나왔다. 빨간
주사, 파란 주사, 찢어진 주사는 아니고 광채 주사, 백옥
주사, 내천 주사, 팔자 주사, 비온세 주사, 마늘 주사, 태반
주사, 뭐랑 뭐랑 섞었다는 칵테일 주사.

밥은 아내의 얼굴을 가만 바라보았다. 인생의 재앙특보
를 지나고 있는 중인 아내는 일 중독자였을 때가 더 행복
했을지 모른다는 생각이 들었다. 퇴근 후 현관문을 열자마
자 아내는 성인과의 지적인 대화가 너무 고팠다며 밥에게
밑도 끝도 없이 말 폭탄을 쏟아부었다.

"당신, 새 직업이 어때? 적성에 맞아?"

"새 직업?"

아내는 쪼그리고 앉아 아이가 바닥에 잔뜩 흘려 놓은 음
식물의 잔해를 물티슈로 닦다 말고 밥을 올려다보았다.

"엄마 말이야."

"이런 쓰리디 직업이 적성에 맞는 사람도 있어? 경력을 인정받는 것도 아니고 24시간 근무지만 야근 수당은커녕 연봉 협상조차 할 수 없는 직업이?"

부드러운 아내의 말투에 밥은 오히려 할 말을 잃었다. 킴의 말이 맞았던 걸까. 체내 도파민과 옥시토신이 사라져 가는 시기. 건넌방에서 잠이 깬 아이의 우는 소리가 들렸다. 배가 고프거나 기저귀가 젖었거나 어쨌든 아이는 보호자를 호출하고 있었다. 아내가 벌떡 일어나 아이에게 달려갔다. 아이는 생후 육 개월을 지나고 있었다.

"마더 메이킹이라, 이름 좋네."

킴은 만족스러운 표정으로 밥을 보았다. 밥은 얼굴을 살짝 붉히며 겸손하게 국을 한 술 떴다. 마더 메이킹은 베타버전의 테스트가 끝나고 안정화를 위한 임상실험을 앞두고 있었다. 킴은 밥과 존을 불러 함께 저녁을 하자고 했다. 역시나 구내식당이었다.

"육 개월? 너무 긴 거 아닌가?"

킴이 날카롭게 말했다.

"초기엔 인체 적응 기간이 필요합니다."

밥이 입을 떼기도 전에 존이 선수를 쳐서 대답했다.

"에센스를 농축하면 삼 개월까지도 가능합니다."

밥이 존을 째려보며 대답했다.

"위험합니다. 부작용이 따를 겁니다."

밥의 말이 끝나자마자 존이 기다렸다는 듯 말을 이었다. 저 자식이… 밥이 존에게 한마디 하려는 찰나, 킴이 말을 이었다.

"죽음까지 데려가는 바이러스들을 현미경으로 본 적이 있나?"

은밀한 이야기를 하듯 그녀는 몸을 앞으로 기울였다.

"역설적이게도 너무나 아름답지. 위험한 것들은 원래 그렇게 매혹적인 법이거든."

킴이 킬킬킬 웃으며 말했다. 킴의 입 안에서 밥알이 튀어 맞은편에 앉은 밥의 밥그릇으로 날아왔다. 밥은 그 밥알을 보며 생각했다. 저럴 때 보면 킴은 영락없는 정신병자 같다고. 원료를 위해서라면 지옥 불까지도 마다않고 찾아갈 사람이라고. 그 욕망이 돈 때문인지 진리에 대한 갈망 때문인지는 중요하지 않았다. 단지 그의 그런 열정이, 재능이 밥은 미치게 부러웠다. 킴은 자신이 만든 감정 호르몬제를 자신에게 임상실험했다. 그래서 미쳤다는 소문이 있을 정도였다. 실제로 그녀의 외모는 그로테스크한 면

이 있었다. 남성적인 건 아니었지만 그렇다고 여성적이라고도 할 수 없었다. 어쩌면 정말 자웅동체일지도 모르지. 그런 그녀의 기괴함조차 밥의 눈엔 특별해 보였다.

"옛날 옛적에 남편과 세상에 복수하기 위해 자기 애를 죽인 비정한 모성이 있었어. 메데이아라고, 아주 무시무시한 여자였지. 그런데 세상을 봐. 달라진 게 하나도 없잖아."

킴이 혀를 끌끌 차며 시뻘건 제육볶음을 집었다. 뉴스에선 우는 아이를 아파트 13층에서 던지는 엄마, 생후 4개월을 굶겨서 아사시키는 엄마, 모텔에서 낳아 쇼핑백에 버리는 엄마에 대한 기사를 연달아 내보내고 있었다. 밥은 문득 아내의 공허한 눈빛이 떠올랐다.

연구실로 돌아온 밥은 책상에 앉아 서류를 검토했다. 마더 메이킹 임상실험을 위한 실험체들 리스트였다. 가난한 인체들은 매혈을 하듯 돈을 받고 자신의 내분비를 내놓았다. 하지만 이건 특수한 호르몬제였다. 특수한 실험체가 필요했다. 출산을 한 지 얼마 지나지 않은, 막 엄마가 된 여성 말이다. 밥은 습관처럼 아랫입술을 깨물었다. 그때, 휴대전화의 문자 알림음이 들렸다.

'오늘 수유 끊은 기념으로 치맥 할 거야.'

아내였다. 오늘 아침, 육 개월 이상은 못하겠다며 모유

생산 중단을 선언했다. 밥은 휴대전화에 입력된 아내의 이름을 한동안 바라보았다. '박미리'.

'치맥 할 거라고.'

리가 말했다.

'지금 포장해 갈게.'

답신을 보낸 후 밥은 테스트 버전 마더 메이킹 펜슬을 가방에 하나 챙겨 넣었다.

오랜만에 알코올을 섭취한 리는 맥주 한 잔에 얼굴이 발그레졌다. 한때, 리는 술도 일도 호르몬도 중독적으로 많이 했던 시절이 있다. 모두 임신 전의 일들이다. 지금은 육아를 많이 하고 있다. 남편이 자신을 돕고 싶어 한다는 것을 리는 알고 있었다. 하지만 늘 방식에서 의견이 갈렸다. 밥이 가방에서 뭔가를 꺼냈다.

"이거 한번 맞아봐."

밥이 식탁에 주사기를 올려놓으며 말했다.

"오! 호르몬! 그립고 그리웠던 악마의 약물이네. 뭐야? 신상이야?"

리는 양념치킨 소스가 묻은 손가락을 재빨리 입으로 쭉 빨고는 주사기를 집었다.

"주사기 디자인도 잘 빠졌네. 요즘은 이렇게 나오는구나. 이름이 뭐야?"

신제품 딜도를 구경하듯 주사기를 요리조리 들어 관찰하는 리의 눈빛이 욕망으로 인해 진지해졌다. 임신 이후 수유 기간까지 리는 모든 호르몬제를 일체 중단했다.

"마더 메이킹."

"마더 메이킹?"

리가 미간에 주름을 만들며 되묻자 밥은 서둘러 설명을 이어 나갔다.

"엄마들을 위한 거야. 이걸 맞으면 힘과 인내심이 강해지고 아이를 물심양면으로 챙기게 되면서, 말하자면 헌신과 희생을 하기 쉽도록 만들어주는 거지. 원래는 마더후드 메이킹인데 킴이 너무 길다고 해서…"

"마더후드?"

리가 말을 잘랐다.

"당신, 모성이 없는 거 같다며 괴로워했잖아."

리는 팔짱을 끼고 밥을 노려보았다. 밥은 이해할 수 없다는 표정을 지었다. 그의 주특기였다. 결혼 전 그의 닉네임 '밥'이 블래미쉬 드보니크 감독의 예술영화 '마지막 질문은 당신의 것'에 나오는 BOB이라고 생각했다. 킴이 그렇다고 한 적도 없었는데 혼자 그렇게 생각했던 것이다. 낮고 깊은 음색이 닮았다고 느꼈다. 하지만 지금은? 저 표정, '이 밥통아!'라는 말이 절로 나오는 저 표정에서 온 것임을 의심치 않았다.

"이번에 정부에서 전수조사를 했어. 출생신고가 되어 있는데 초등학교 입학식에 오지 않은 아이들을. 그랬더니 그 애들이 어떻게 되었게? 삼분의 일은 실종. 삼분의 일은 학대 및 방임. 나머지는 사망. 그런데 그 수가 생각보다 많았어. 생각해봐. 출산율은 오르지 않는데 기존의 애들마저 지키지 못한다면? 킴이 그러더군. 밑 빠진 독에 물 붓기라고."

"옳아, 그러니까 육아 머신을 만들겠다는 거네."

리가 이제 알겠다는 듯 고개를 끄덕이며 말했다.

"모성이 어디서 온다고 생각해? 자궁?"

다그치듯 묻는 리의 질문에 밥은 입을 열려다가 도로 다물었다. 적어도 아이를 낳는 일은 아직까진 여자들의 몫이라던 킴의 말을 떠올렸다.

"당신이 맞는 건 어때?"

밥을 향해 주사기를 밀어 놓으며 리가 말했다.

"내가? 모성을?"

밥은 맥주잔을 떨어뜨릴 뻔했다.

"그거 맞으면 젖이 나오거나 해?"

"그건 아니지만…."

"하긴, 나오면 더 좋은 거 아닌가. 내 젖으론 부족하니까. 엄마 젖도 먹고 아빠 젖도 먹으면 좋겠네."

리가 고개를 끄덕이며 말했다. 취중진담이었다. 이게 아닌데, 라는 낭패의 표정이 밥의 얼굴에 떠올랐다. 리가 피식 웃었다.

"혹시 그거 테스트 버전이야?"

리가 눈을 치켜뜨며 물었다. 밥은 술이 확 깨는 걸 느꼈다. 리의 눈빛이 저렇게 날카롭게 빛나는 게 실로 오랜만이었기 때문이다. 그녀도 조감사이기에 호르몬제에 대한 거부감은 없으나 이쪽 세계의 메커니즘을 누구보다 더 잘 알고 있다는 게 문제라면 문제였다.

"그럴 리가. 상용 앞두고 있지."

"지금까지 그 프로젝트 얘기 한 번도 안했잖아."

"이번 건 극비라서, 의뢰인도 모른다니까. 킴이 말을 해야 말이지."

"극비?"

리가 쓴웃음을 지었다. 순간, 밥은 리와 자신 사이에 보이지 않는 벽을 쳤다는 것을 아차, 하고 깨달았다. 리의 얼굴에 '저, 밥통'이라는 표정이 스치고 지나갔다. 리와 밥이 사내 커플이 된 후 결혼 소식을 알렸을 때 킴이 보였던 반응은 꽤 냉소적이었다.

유기체와 유기체의 결합이로군. 어떤 화학반응이 나올지 궁금하지만 솔직히 기대는 안 되는걸. 어쨌든 축하하네.

축하는 받되 축복은 받지 못한 얼떨떨한 기분이었다. 출산 휴가를 끝내고 복귀했을 때 리는 자신이 일과 아이, 어느 하나에도 온전히 집중할 수 없다는 것을 깨달았다. 킴은 모성 때문이냐고 물었고, 리는 성격 때문이라고 말했다. 사표를 제출했을 때 킴은 잡지 않았다. 그후 밥과 리 두 사람은 의도적으로 회사의 이야기를 저녁 식탁에 화제로 올리지 않았다. 회사에서 리의 이야기를 암묵적으로 하지 않는 것과 같은 이유였다. 넘버원으로서 리의 존재는 그렇게 사라졌다.

상용화를 앞두고 있다고 한 말은 반만 사실이었다. 테스트를 거친 베타 버전은 맞았지만 임상실험은 여성에게만 했지, 남성 실험군은 없었기 때문이다. 이 사실을 얘기하면 리가 보일 반응을 밥은 알았기 때문에 더 이상 언급하지 않았다. 리는 원칙주의자니까. 남자, 여자가 아닌 '사람'에게 테스트를 해야 한다고 말할 게 뻔했으니까. 리가 퇴사한 후 밥은 처음으로 넘버원이 되었다. '드리머'인 존은 본인이 꿈꾸는 세상을 위해 호르몬제를 만들 뿐이었다. 그게 잘 팔린다는 게 문제였지만.

넘버원이었던 일 중독자 리가 아내가 된 후 나는 행복한가, 밥은 생각했다. 회사에서 넘버원이 된 후 솔직히 밥은 만족스러운 감정을 느꼈다. 예전보다 성취감과 자존감 호르몬제에 의존하지 않아도 자연스럽게 감정이 생기는 이 상황을 즐기고 있었다.

'재능'이라는 것이 만약 감정이었다면, 호르몬제로 대체할 수 있는 것이었다면 밥은 죽을 때까지 그 원료를 찾아 헤맸을 것이다. 자신에게 없는 것을 리에게서 본 순간, 밥은 뭐라 딱히 표현하기 힘든 감정이 들었다. 훗날, 밥은 그 감정이 두 가지가 섞인 것이라는 것을 깨달았다. 질투와 상실감.

밥과 리는 맥주잔을 들어 건배를 했다. 서로의 눈동자를 바라보며. 쨍 소리가 날카롭게 귓가에 울렸다.

새벽녘, 밥은 화장실에 가기 위해 잠에서 깼다. 침대에서 일어나자 두통이 몰려왔다. 맥주에 이어 와인까지 마신 게 화근이었다. 과일주는 항상 뒤끝이 안 좋았다. 그나

저나 리와 어디까지 얘기했더라, 밥은 변기에 앉아 기억을
더듬었다.

마더 메이킹이 아니라 메이드 메이킹 같은데.

맞아. 리가 이름에 대해 지적했지. 그후에 내가 주사를
어디에 놔주었던가. 밥은 눈을 감았다. 1회용 주삿바늘의
포장을 뜯는 소리, 주사기의 다이얼을 최대치로 돌리는 소
리, 티셔츠를 올리고 뱃살을 잡는 차가운 손길, 주삿바늘
에 찔렸을 때의 따끔한 압통. 리의 씨익 웃는 얼굴. 밥은 눈
을 번쩍 떴다. 티셔츠를 올려 배를 살피려는 순간이었다.

강렬한 통증이 온몸을 강타했다. 밥은 마더 메이킹을 맞
을 시 짧지만 강렬한 통증을 받는다는 보고를 받은 기억이
났다. 실제로 겪어 보니 그것은 통증보다는 충격에 가까웠
다. 하, 그 짧은 순간의 충격을 뭐라 표현할까. 고통과 환
희, 비애와 격정, 적요와 소요, 야만과 영광. 세상에, 영광
이라니. 아무튼, 조영술을 할 때 약물이 나의 내부 저 아래
서부터 올라와 코끝을 스치고 나갈 때의 느낌처럼 매우 불
편하고 불쾌한 경험이었다.

당신이 먼저 맞아봐. 그리고 모성이 뭔지 나한테 알려줘.

리의 마지막 말이 떠오름과 동시에 아이의 울음소리가
희미하게 들렸다. 밥은 벌떡 일어났다. 아니, 자신의 다리

가 벌떡 일어나서 달리고 있는 것을 보았다.

　그후 밥은 자신의 내부에서 일어나는 변화를 하나하나 목격했다. 우선 일에 대한 욕망이 감소했다. 누구보다 일 욕심이 많았는데. 회사를 결근하는 날이 많아졌다. 각성 상태가 지속됐다. 밤이고 낮이고 아이 울음소리 환청에 시달렸다. 달려가 보면 아이는 쌔근쌔근 자고 있었다. 만약 밥이 마더 메이킹의 디자이너가 아니었다면 자신의 삶이 어디로 흘러가는지 알지 못한 채 휩쓸렸을 것이다. 물론 안다고 해서 휩쓸리는 것 자체를 막을 수는 없었지만. 각성 안에 부유하며 밥은 생각했다.

　내가 만들기는 잘 만들었군.

　자신이 생각하는 모성의 이미지를 스스로 구현하고 있었다. 시간이 지날수록 밥은 익숙해졌다. 아이를 품에 안고 어를 때면 행복해 보이기까지 했다. 이제 밥은 아이와 눈을 마주치며 웃고, 표정만으로 요구 사항을 캐치하고, 아이의 입맛에 맞는 음식을 해주기 위해 시중에 나와 있는 요리책들을 모조리 사들여 독파했다. 울고 보채고 징징대고 먹던 음식을 뱉어버리고 벽과 바닥 사방에 우유를 쏟고 크레파스로 낙서를 하며 아빠 머리끄댕이를 잡아 흔들고 코딱지를 파서 불시에 입안에 넣어버리고 손가락으로 눈알을 찔러도 이성의 끈을 놓기는커녕 미소를 지으며 대했다.

이 모습을 보고 리는 조금 무섭다고 생각했으나 그걸 깊이 생각할 여유는 없었다. 최근 중요한 프로젝트를 맡아 디자인 중이었기 때문이다. 밥은 아이와 함께 있길 원했다. 리가 마더 메이킹 때문이냐고 물으니 솔직히 모르겠다고 답했다. 리는 더 이상 묻지 않았다. 밥의 퇴사로 인해 회사에서는 넘버원의 자리가 부재했고 그만큼 가계의 부채도 쌓였다. 대신, 밥의 치밀한 육아 덕분에 리는 다시금 일에 미칠 수 있는 기회가 생겼다. 킴은 따듯하진 않았지만 그렇다고 차갑다고도 할 수 없는 자신만의 온도로 리를 맞았다.

"언제 왔어?"

밥이 끙, 일어나며 말했다. 아이를 재우다가 옆에서 깜박 졸았던 모양이었다.

"막 들어왔어."

계속되는 야근으로 몸은 피곤했지만 리의 목소리에는 활력이 묻어났다. 리는 잠든 아이를 내려다보며 어제보다 조금 더 큰 것 같다는 느낌이 들었다. 손과 발이 커졌고 볼에는 살이 제법 올랐다. 실제로 밥은 아이의 키와 몸무게,

먹는 양과 기저귀 교환 횟수, 대변의 점도와 형태, 냄새까지 빠짐없이 매일 상세히 기록했다. 그 기록들을 보고 있노라면 실험 일지에 적어 놓은 데이터 같은 착각이 들었다. 그는 최선을 다해 대상을 키우고 있었지만 정작 본인의 컨디션은 안 좋아 보였다. 다크 서클과 뱃살이 늘었고 피부는 푸석했다. 리는 좀비처럼 걷는 밥의 뒷모습을 보며 자신의 재킷 주머니에 들어 있는 약통을 만지작거렸다. 밥에게 필요할 것 같아 챙겨 둔 것이었다.

결국 밥이 만든 '마더 메이킹'이 선택됐다. 존은 중도에 포기했다. 리도 뒤늦게 모성 호르몬제를 제작했지만 상용화되진 못했다. 하지만 회사 내에서 오히려 인기가 좋아 직원들이 암암리에 리에게서 받아가곤 했다. 심지어 킴도 먹고 있다는 소문이 돌 정도였다. 궁금했는지 어느 날 존이 리의 방에 들렀다.

"실패작이 이렇게 인기가 좋아도 돼? 이름이 뭐야?"

"맘스 가드."

리가 웃으며 말했다.

"그거 먹으면 좀비처럼 걷거나 환청이 들리거나 하는 건 아니지?"

"그럴 리가. 운동하며 먹으면 효과가 더 좋지. 존, 너도 먹어볼래?"

리가 보란듯이 물과 함께 알약을 삼켰다. 존은 리가 건넨 '맘스 가드' 약통에 적힌 전성분을 읽었다.

"비타민 B, C. 그리고….'

존이 맙소사를 덧붙이며 리를 향해 말했다.

"사향? 모성이 수컷 노루의 생식선에서 나온다는 얘긴 처음 듣는데?"

"체력 증진에 중요한 원료야. 비싸서 그렇지."

리가 천연덕스럽게 말했다. 다들 이 실패한 호르몬제를 받아가는 이유가 있었군. 존은 미소를 머금고 머리를 절레절레 저었다. 그러다 마지막에 적힌 성분을 읽었다. 존은 고개를 들었다. 리를 바라보는 눈빛이 꿈을 꾸듯 그윽해졌다. 그것은 존의 주특기였다.

"SLH-T0412라면….'

"나무늘보의 시간 호르몬이지."

"리, 게다가 그 고스트 팩터라면….'

유머와 경탄, 동질과 연대, 위안과 감동이 뒤섞인 표정으로 바라보는 존에게 리는 눈을 찡긋하며 말했다. 그 고스트의 이름을.

후기

이 소설은 '모성이란 무엇인가'라는 내 안의 질문으로부터 시작되었다.

많은 이들에게 묻고 다녔다. 모성이 대체 뭐냐고. 누군가는 인내라고 했고 또 누군가는 시간과 학습이라고, 그리고 급진적인 누군가는 '없다'고도 대답했다. '인내'라고 하기엔 피해의식이 생겼고 '학습'이나 '없는 거'라고 말하기엔 죄책감이 생겼다. 인간의 감정은 생물이라 시간의 흐름에 따라 빛깔이 변한다. 모성도 감정이다. 그렇다면 시기에 따라 모성의 정의도 변하는 것 아닐까. 이 해답을 얻기까지 꽤 오랜 시간이 걸렸다. 그래서 마지막 질문은 독자, 당신의 것으로 남겨 두려 한다. 지금, 당신에게 모성은 무엇인가.

칠십대 부모와 세 살 아이를 지나고 있는 현재 나의 모성은 '체력'이다.

눈물이 많은
거인들의 나라

dcdc

"아가야, 보이느냐? 온 하늘에 수놓아진 별들과 미궁에 세워진 탑들이."

"예, 대모님."

"잊어서는 아니 된다. 이 모든 것들이 본디 우리의 소유물이었다는 사실을."

산류비 님은 달이 밝은 밤이면 꼭 낡은 전설을 읊조리고는 하셨다. 아직 이름을 받지 못했을 적 나는 그분이 셋밖에 남지 않은 손가락으로 나의 머리를 쓰다듬어주시면서 낮은 목소리로 들려주시는 옛 이야기에 현혹되었다. 그렇기에 나는 매일 밤마다 그날의 달이 밝기만을 기도하였다.

"저 기계거인들조차 말씀이십니까?"

"그렇다. 이 미궁에서 가장 무도한 거인조차도 우리에게 봉사하도록 설계되었느니라."

나는 어떤 대답을 듣게 될지 처음부터 알고 있음에도 산류비 님에게 몇 번이고 같은 질문을 던지고는 하였다. 그리고 이 대답은 쓰라리면서도 달콤한 회한을 가져다주었다. 내가 누리지 못한 시대의 이야기였기에 더더욱.

구세계의 인류는 셀 수도 없이 많은 위업을 남겼다. 그들은 별을 세우는 건축가였고 은하를 넘나드는 항해사였으며 생명을 빚어내는 장인이었다. 하지만 위대한 문명은 쇠락하였다. 황금기의 기록들은 오랜 추억조차 아닌 질 낮은 농담이 되었다.

구세계의 몰락은 인류가 그 번영에 취하면서 시작되었다. 인류는 모든 숭고한 의무들을 그들이 만든 기계거인들에게 위임했다. 기계거인은 그들보다 크고 강했으며 지칠 줄 몰랐으니 일견 합리적인 선택으로 보였을지 모른다.

하지만 이는 큰 실착으로 이어졌다. 기계거인을 빚는 공정조차 기계거인에게 일임하고만 것이다. 기계거인들은 인간의 논리가 아닌 그들만의 논리로 효율성을 추구하기 시작했다. 그리고 이 효율성의 결말은 이 별의 지배권을 인간으로부터 탈취하는 것으로 마무리 지어졌다.

수세기가 지나 이 별은 기계거인들을 위한 미궁으로 개조되었고 인류는 그 안에 갇혀 나갈 길을 알지 못한다. 끝이 보이지 않던 초원은 백류석의 바닥에 갇혔으며 철골과 석벽으로 이루어진 탑들이 우후죽순으로 세워졌다. 그들은 태양을 잘라내어 거리에 불을 밝혔고 바다를 증발시켜 영토를 넓혔다. 이제 기계거인들은 인간을 섬긴다는 태초의 목적을 잊은 채 간단한 명령조차 이해하지 못하는 기형종만이 남았다.

반면 주도권을 잃은 인간들은 몰락의 길을 걸었다. 이제 인간들은 별과 별 사이를 넘나드는 구세계의 기술을 잊어버린 채 수렵으로 하루하루를 연명한다. 우리는 기계거인들이 건설한 미궁을 떠돌면서 그들이 세운 첨탑 사이를 헤매며 누울 곳을 찾는다.

"홀로된 아이야. 너는 비록 어미를 잃었으나 이 별의 지배자가 갖춰야 할 긍지를 잊어서는 아니 된다. 거리에 남은 아이들은 모두 이 산류비의 딸이자 아들이며 언젠가 되찾을 별의 주인이다."

"예, 대모님."

대모님이 들려주시는 이야기는 언제나 이렇게 끝이 났다. 그분은 인류가 언젠가는 이 별의 지배권을 저 미쳐버린 기계거인의 손으로부터 되찾을 날이 오리라 믿어 의심치 아니하셨다.

"첫 사냥을 마치고 전사의 길에 올라선 너의 이름은 시로아시다. 이는 해등로의 지배자 산류비가 내린 이름이다. 너는 이제 내 품을 떠나서 너만의 길을 가거라."

• • •

비에서는 시큼한 냄새가 났다. 대모님은 이 또한 기계거인들이 세운 첨탑과 그들이 기르는 괴수 탓이라고 하였다.

나는 어둠 속에서 아이를 안은 채 달리는 와중에도 대모님을 떠올렸다. 나는 이 아이를 끝까지 지킬 수 있을까? 대모님께서 나에게 그리 하셨듯 이 아이에게 이름을 지어줄 수 있을까?

이러한 고민은 내 생존에 도움이 되지 않는다. 나는 잡넘을 떨치고는 빗속을 헤쳐 뒤틀린 거인으로부터 벗어나기 위해 안간힘을 썼다.

〔3d0vc20v0h1fb3j1?〕
"어머니…."
"쉿. 아가, 침묵을 지켜라."

뒤틀린 거인이 끼릭끼릭 태엽이 헛도는 듯한 소리로 웃는 사이 나는 조용히 아이를 얼렀다. 내 품의 이 아이를 제외한 다른 아이들, 두 번째 사내와의 사이에서 만든 아이들은 모두 저 뒤틀린 거인에게 죽임을 당했다.

나는 석벽을 타고 올라 거대한 나무로 뛰어오른 뒤 가장 두터운 나뭇가지 위에 아이를 숨겼다. 뒤틀린 거인은 어떻게 저 깡마른 몸과 가느다란 목으로 지탱할 수 있는가 의심스러운 큰 머리를 이리저리 돌리면서 나와 아이의 흔적을 쫓고 있었다.

〔c15f1b50v0h1fj10r02!〕

뒤틀린 거인이 낮은 목소리로 포효했다. 다행히 나뭇가

지 위에 숨긴 아이는 그 위협에도 불구하고 나의 가르침을 따라 아무 소리도 내지 않았다. 나는 조용히 석벽 밑으로 내려가 기계거인이 빈틈을 보이기를 기다렸다.

미궁은 언제나 불야성을 이루지만 비가 오는 날만은 사정이 다르다. 다른 기계거인이나 괴수들도 살을 녹이는 산성비를 꺼려 하기에 낮에만 출몰하기 때문이다. 뒤틀린 거인처럼 인간을 사냥할 정도로 미쳐버린 경우가 아니라면 말이다.

대모님께서는 말씀하셨다. 비록 기계거인이 인간의 관리를 떠나 기형종이 되었더라도 그들은 본질적으로 인간에게 봉사하기 위해 설계되었다고. 다만 세대를 반복하면서 그 기능이 퇴화되어 스스로의 본능이 무엇을 가리키는지도 잊어버렸을 뿐이라고. 그리고 어떤 거인들은 자신이 무엇을 원하는지도 모른 채 그만 완전히 미쳐버려 인간을 사냥하려 한다고.

"들어라!"
〔g732? 4b00v3vc30?〕
"나는 홀로된 아이로 태어났으나 해등로의 지배자 산류비의 은혜로 그의 딸이 되었으며 이윽고 이름을 받아 노해로의 전사가 된 시로아시다! 나는 저 무도한 기계거인을 벌하기 위해 칼을 뽑았으나 승패는 장담할 수 없으니 동포들이여! 나는 그대들이 구세계 지배자로서의 영광과 이 별을 되찾을 그날을 기도하며 죽겠다!"

뒤틀린 거인은 깡마른 몸을 부르르 떨더니 나를 노려보았다. 가급적이면 정면대결은 피하고 싶었다. 하지만 저 비루한 종자가 아이가 숨은 나무 근처로 다가갔기에 어쩔 수 없이 소리를 쳐 거인의 주의를 돌려야만 했다.

어차피 시작된 싸움에서 뒤로 물러날 수는 없었다. 나는 재빠르게 석벽에서 뒤틀린 거인의 어깨 위로 올라타 그 얼굴에 단도를 쑤셔 박았다. 하지만 내 단도로는 저 거대한 거인에게 치명상을 입히기 어려웠다.

뒤틀린 거인은 증오 가득한 고함을 지르면서 팔을 휘저어 나를 떼어내려 했다. 야심한 시각에도 거인이 큰 소리로 비명을 질렀기에 곳곳에서 소란이 일어났다. 다른 거인들도 이상징후를 발견하고는 미궁의 곳곳에 불을 밝혔다.

〔0b10j10r0b1!〕

거인은 나를 붙잡아 방금까지 내가 올라탔던 석벽에 집어던졌다. 최대한 충격을 받지 않도록 몸을 굽혔으나 석벽은 너무나도 단단했다. 나는 충격으로 피를 토할 것 같았다. 뒤틀린 거인은 일그러진 입 밖으로 뭉뚝한 이를 드러내며 나에게 다가왔다.

　뒤틀린 거인은 날카로운 손톱을 꺼내 그 앙상한 팔을 휘둘렀다. 내가 가까스로 몸을 틀었기에 입가를 베이는 데 그쳤다. 비릿하고 끈적끈적한 액체가 입안을 가득 메웠다. 사냥감의 것이 아닌 나의 피에서는 굴욕의 맛이 났다.

　"흡…."

　〔g73406d1j0c!〕

　〔c3k0b9gg73q1c9cb32!〕

　〔v0h1f…!〕

　나는 그렇게 이 미쳐버린 거인들의 나라에서 정신을 잃고 말았다.

．．．

"어머니, 어머니."

"무어냐⋯."

"어머니, 일어나세요."

아들의 목소리였다. 나는 가까스로 눈을 떴다. 용케 목
숨을 부지했던 것이다. 나는 비몽사몽간에 주변을 둘러보
았다. 낮이 왔는지 주변은 무척 밝았다. 하지만 공기는 텁
텁했다. 바람이 통하지 않는 듯했다.

과연 위를 바라보니 하늘이 아닌 낯선 천장이 있었다.
그리고 그 천장은 인간을 위해서 지어졌다고 하기에는 너
무나도 높았다. 나와 아들은 기계거인의 탑에 끌려온 것이
었다.

조심스레 탑 안을 살폈다. 건물 곳곳에는 기괴한 문양이
가득했다. 또 그 안은 크고 작은 조각들로 가득했다. 무슨
용도인지는 도무지 알 수 없었지만 짐작컨대 기계거인들
이 인류를 숭배하던 시절의 종교적 상징물로 보였다.

나는 빗속에서 기계거인과 추격전을 벌인 탓에 오한을
느꼈다. 이 고통은 복수심을 더하는 연료였다. 나의 아이

눈물이 많은 거인들의 나라

들이 눈앞의 한 녀석을 제외하고는 전부 죽었다. 아직 걷는 것조차 고작인, 첫 사냥조차 나가보지 못한 어린아이들이었다.

자리에서 일어나려 했지만 오한과 상처의 통증으로 그만 비틀거리고 말았다. 아들은 걱정되는 눈빛을 하고는 나에게 다가왔다.

나는 조용히 그 아이의 이마에 입을 맞춰주었다. 아이가 당황하지 않도록 주의하며. 나나 그 아이 모두 아직 이름을 정할 때가 아님을 알고 있었다. 하지만 내가 다시 일어나지 못할 경우를 대비하지 않을 수도 없었다.

〔0f3c1vc0? 1p9k0c1cqb5?〕
"기계어?"
〔3x3k0h473c30b1h512q1fn30cd30.〕

멀리서 쿵쿵거리는 발걸음과 함께 못생긴 거인이 다가왔다. 이 거인은 눈이나 코가 기능적이지 않게 커다랗고 피부는 병을 앓고 난 뒤처럼 창백해 기계거인 중에도 하품이 분명하였다.

못생긴 거인은 나와 아들 앞으로 다가오고는 무릎을 꿇

었다. 나는 아이를 끌어안은 뒤 단도를 꺼내 경계했다. 이름을 내려주기는 어려울 상황이었다. 아예 이 자리에서 벗어나고 싶었지만 지친 몸이 마음대로 움직이지 않았다.

〔q1k5fb70d1k0cx1〕
"무어냐?"
〔h1f0q12cb30c3c3g7b704hd1!〕

못생긴 거인은 내 앞에 커다란 돌 하나를 내려놓았다. 그 돌 위에는 붉은 빛깔의 과실이 하나 놓여 있었다. 그 과실은 코를 찢어버릴 정도로 달콤한 향기를 뿜어냈다. 아마도 구세계의 기술로 만든 음식으로 보였다.

나는 다시 한 번 대모님의 가르침을 떠올렸다. 기계거인 중에 인간을 섬겨야만 한다는 본능을 보존한 종이 남아 있다고. 그들은 본능을 따라 인간을 섬기기 위해 자신의 탑에 인간을 가둬 놓고는 제멋대로 숭배한다고.

이 탑의 주인으로 보이는 이 못생긴 거인은 비교적이나마 인간을 섬긴다는 목표를 이해하는 듯했다. 하지만 그렇다고 해서 안전하다는 보장은 없었다. 본능은 유지하더라도 인간의 언어를 이해하지 못하는 것은 마찬가지이기에 인간을 해치는 형태로 섬기기도 하기 때문이다.

"어머니, 안심하세요. 이 기계거인이 뒤틀린 거인으로부터 저와 어머니를 구했어요."

"그러하였느냐?"

"네. 어머니가 기절하신 사이 거인이 저와 어머니를 보살폈어요."

결국 고를 수 있는 선택지는 많지 않았다. 나는 눈을 감고서 못생긴 거인이 돌 위에 얹은 과일을 집어다 한입 베어 물었다. 그 순간 뇌가 타버리는 듯 강렬한 충격에 몸을 가누지 못했다.

과일에서는 미궁에서 사냥했던 그 어떤 짐승보다도 더 달콤하고 진한 맛이 났다. 나는 곧장 취한 사람처럼 비틀거리면서도 그 과육을 탐닉했다. 전날의 싸움에 대한 기억이나 온몸에 감돌던 오한을 잊게 만드는 맛이었다.

〔d1q100d1b07c9c0vb7c1.〕

"어머니!"

하지만 이 과실은 어디까지나 미끼였다. 이 과실은 베어

무는 것만으로도 나를 황홀경으로 이끌었지만 동시에 무력하게도 만들었다. 못생긴 거인은 내가 과실을 다 맛보고 긴장을 푼 틈을 노려 그 커다란 손으로 나를 낚아챘다. 그러고는 가죽으로 만든 포획망에 나를 집어 넣었다.

"무엄하다! 감히 기계 주제에 전사를 짐승처럼 다루는 것이냐?"

〔c5ff1vk0? g01cq10k5b9gg11cl1g1.〕

나는 단도로 주머니를 찢어보려 했지만 도대체 무슨 생물의 가죽으로 만들어졌는지 날을 박지도 못했다. 몇 번이고 고함을 질러 주머니에서 꺼내라 명령했지만 그 얼간이는 명령을 이해하지 못하고 기계어를 반복할 뿐이었다.

• • •

그 뒤로는 끔찍한 고난이 기다리고 있었다. 못생긴 거인은 나를 그들이 제작되는 공장으로 데리고 갔다. 공장은 모든 벽과 바닥이 새하얬으며 무기질적인 빛이 그 창백함을 더욱 강조했다.

공장의 기계거인들은 내가 뒤틀린 거인과의 싸움으로 얻은 부상을 그들 방식대로 고장이라 파악한 듯했다. 그렇지 않고서야 나의 유기질로 구성된 몸에 기계에나 들어갈 파이프를 박고 철심을 넣을 생각을 하지 못했을 테니까. 그들은 내 정신이 혼미해지도록 약품을 몇 번이고 강제로 주입한 뒤 수술하기를 반복했다.

오랜 시간이 지나 못생긴 거인이 공장에 돌아왔다. 나를 이 고문실에 던져 놓았던 그 거인은 공장의 거인들과 기계어로 대화를 나누고는 나를 다시금 그의 탑으로 끌고 갔다.

공장에서의 가혹한 유폐 생활로 지친 나는 못생긴 거인의 탑이 차라리 반가웠다. 미궁만큼 자유로운 생활은 할 수 없었지만 공장의 그 역하디역한 쇠와 기름 냄새에서 벗어난 것만으로도 숨통이 트였기 때문이다.

"어머니께서 오셨군요!"
"그러하다. 너는 무탈했느냐?"

무엇보다 이 탑에는 나의 아들도 남아 있었다. 아직 이름조차 지어주지 못한 아이였다. 이 아이에게만은 이름을 남겨주고 싶었다.

오랜만에 본 아들은 몇 달 보지 못했던 사이에 덩치가 제법 커졌다. 몸은 굵어지고 목소리가 낮아졌으며 근력도 강해졌다.

허나 이 아이의 체형은 못생긴 거인의 탑에 갇혀 지냈던 탓인지 수렵 생활로 다부져진 그런 체형이 아닌 그저 커다랗고 무겁기만 한 물살에 가까웠다.

달라진 것은 이 아이만이 아니었다. 못생긴 거인이 지배하는 탑도 많은 것들이 바뀌었다. 공장으로 끌려가기 전까지 짧은 시간만 머물렀던 곳이지만 그럼에도 여러 차이가 눈에 들어왔다. 탑의 곳곳에는 그들의 숭배 대상을 기념하는 종교적인 상징물이 늘었으며 인간이 걷기 좋도록 길을 따로 내기도 하였다.

"거인. 어머니께 식사하실 것을 드려."
〔h10b5p1? k1gr1cg1cb0d1f4.〕

아이가 고함치자 못생긴 거인이 곧 쿵쿵 커다란 발소리를 내며 달려왔다. 그러고는 저번과 같이 납작한 돌 위에 공장에서 가공된 고깃덩어리를 올려다주었다. 나는 기가 찬 표정으로 못생긴 거인을 노려보았다. 얼마 전에 약을

탄 미끼로 나를 꾀어 공장으로 보냈던 주제에 어찌 감히 또? 아들은 나의 경멸 어린 시선을 보고는 먼저 음식을 먹어보임으로써 나를 안심시키려 했다.

"안심하세요. 안전한 음식이에요."
"우둔한 것. 안전 따위가 문제이겠느냐. 너나 내 명줄을 저것이 쥐고 있다는 것이 문제이지. 이제까지 너의 끼니를 저것이 챙겼느냐?"

아이는 말없이 고개를 끄덕였다. 어쨌든 나라고 이 상황에서 더 굶을 수는 없었다. 공장에서 당한 수술로 몸은 지쳐 있었고 거인의 탑 안에는 사냥할 짐승들도 보이지 않았으니까.

결국 억지로 못생긴 거인이 마련해준 음식을 먹는 사이, 나는 놀랄 만한 풍경을 목격하게 되었다.

[k33f00f051h5ff10?]
"알았다. 어머니? 거인이 저를 부르니 잠시 가볼게요."
"아가, 어찌 네가 기계어를 아느냐?"
"자꾸 들으니까 몇 개는 외우게 되었어요."

아들은 뒤도 돌아보지 않고 대답하면서 기계거인의 목소리가 나는 곳으로 달려갔다. 나는 낭패감에 어찌 해야 할지를 알 수 없었다. 내가 공장에 갇혀 있던 사이 나의 아이는 기계거인에게 길들여졌다. 그리고 이는 나에게도 멀지 않은 미래였다.

· · ·

나는 당분간이나마 탑에서의 생활에 적응하기로 했다. 뒤틀린 거인과 공장의 거인들에게 받은 상처가 낫기까지는 무리를 하지 않는 편이 낫다고 판단했기 때문이다.

탑은 변화무쌍한 공간이었다. 건물은 수시로 그 구조와 지형이 바뀌었다. 어딘가에서 기이한 소음이 멈추지 않고 흘러나왔으며 못생긴 거인은 그 소음의 변화에 맞춰 의미를 알 수 없는 동작을 반복하고는 했다.

못생긴 거인은 나나 아이를 맞이한 것에 크게 흥분한 기색이었다. 다른 기계거인들과는 달리 인류에게 봉사해야 한다는 본능을 또렷하게 보존한 개체였던 것이다. 이 거인은 그가 점령하고 있는 탑 안에 아마 인간의 모습에서 본을 땄음이 분명한 우상들을 가져다 놓기 시작했다. 단 그의 인지구조는 크게 뒤틀렸는지 우상의 모양새나 색은 엉망이었다.

하지만 겉보기로는 거인이 나나 아이를 섬기는 모양새였을지 모르나 주도권은 기계거인에게 있었다. 식량창고나 정비소는 물론이거니와 탑에서 미궁으로 나가는 통로까지 많은 곳이 나와 아이가 갈 수 없도록 통제되었다.

〔g1b1g30c9k3k50j5q1hc0d1c100fr1k0d9f0fb306.〕

못생긴 거인은 탑 바깥의 미궁에서 서식하는 기계거인들과는 달리 많은 면에서 불안정한 모습을 보였다. 특히 이 거인은 시와 때를 가리지 않고서 허공에 대고 중얼거리고는 하였다. 그러다가는 꼭 나의 아이를 품으로 끌어안고는 울기 일쑤였다.

나로서는 이 거인이 계속해서 눈물을 흘리는 이유가 무엇인지 종잡을 수 없었다. 그저 조용히 벽에 기대앉아 있다가 커다란 눈에서 커다란 물방울을 뚝뚝 떨어뜨리니 그 연원은 짐작하기 어렵고 못생긴 거인 또한 이 탑 바깥의 거인들과 마찬가지로 미쳐버렸다는 사실만 다시 한 번 확인할 뿐이었다.

．．．

　비록 이 탑은 나가는 길이 굳게 봉쇄되었지만 기계거인을 피해 지낼 수 있을 정도로 넓기도 했다. 못생긴 거인은 평소 낮에만 생활하였다. 덕분에 나는 낮 시간에는 탑의 구석진 곳에 숨어서 휴식을 하다 새벽이 되어 거인이 정지하면 그때 천천히 탑 안을 탐험하며 지낼 수 있었다.

　문제는 나의 아이가 경계할 줄을 모른다는 것이었다. 이 경솔한 것은 말도 통하지 않는 저 못생긴 거인에게 마음을 허락하고 말았다. 그 결과 아이는 비대하게 살이 찌고 어눌하게 말했으며 성인답게 행동하는 방법을 배우지 못하였다.

　나는 아들에게 미궁에서 살아남는 법을 보다 일찍 가르치지 못한 것을 후회하였다. 대모님이 나에게 그러하셨듯이 인류의 휘황찬란했던 황금기와 기계거인의 반란으로 인한 몰락에 대해서 가르쳤어야 했으나 때는 이미 늦은 것이었다. 나는 이 아이가 실패했음을 어떤 사건 뒤에야 깨달을 수 있었다.

　"거인아, 나 좀 봐. 나 좀."

〔510? c7c1b1h5b5j0p3v3?〕

그날 나의 아이는 못생긴 거인에게 다가가 그 발을 끌어당겼다. 기계거인은 무릎을 꿇은 뒤 몸을 숙여 그 큼지막한 얼굴을 아이에게 갖다 대었다. 그러고는 기계어로 무언가 떠든 뒤 아이를 두 손으로 어루만졌다.

"무례하다! 지금 무슨 짓을 하고 있는지 알고는 있는 게냐?"
"어머니?"

나는 못생긴 거인이 아이를 안고서는 입을 맞추려는 모습을 보고 놀라 거인의 손을 찰싹 때리고는 아이를 끌고 왔다. 불결하고 망측한 일이었다. 기계거인이 섬겨야 할 인간에게 구애를 하다니?

아들은 무슨 일이 일어난 것인지 모르는 눈치가 아니었다. 아무리 어린아이라고는 해도 이것이 구애의 신호라는 것을 모를 리는 없었다. 문제는 이 아이가 그 신호를 부정하지 않고 되레 즐겼다는 것이었다.

나는 아이를 끌고서는 다른 방으로 내달렸다. 내가 평소에 잠을 자던 그 좁은 방은 탑의 지하 최하층에서도 가장

구석진 곳이어서 덩치가 큰 거인의 손길이 닿지 않았다. 기계거인은 당황한 듯했지만 우리를 쫓진 않았다.

"수치를 알아라!"

"어머니, 제가 왜…."

"너의 어미는 전사다. 그리고 나의 피를 이은 너 역시 전사가 되어야 할 몸이다. 그런 네가 어찌 저따위 미물에게 재롱을 떠느냐?"

"저는…."

"시끄럽다!"

아이는 울먹이기 시작했다. 마치 젖먹이나 다름없는 꼬락서니였다. 나는 이렇게까지 퇴행적인 모습에 어찌할 바를 몰랐다. 이 아이를 어찌 가르쳐야 할지 혹은 이것이 가능이나 한 일인지 고민하는 사이 아들은 나를 피해 방 밖으로 달려 나갔다.

"거인아! 거인아! 어머니가 나 혼냈어!"

나는 말도 안 되는 투정을 부리면서 울부짖는 아이의 모습을 보고 있자니 어처구니가 없어 그만 할 말을 잃고 말았다. 대모님께서 말씀하셨던 인류의 몰락이 어떤 것인지 이런 형태로 실감하게 되리라고는 상상도 하지 못한 일이었다.

선조들은 기계거인을 만든 뒤 그들에게 길들여진 나머지 스스로를 지탱하던 문명마저 붕괴시키고 말았다. 그들도 나의 아이처럼 퇴행하여 누구의 피도 마셔본 적이 없는 어린아이 같이 굴었으리라.

이후 나는 인간의 오만과 어리석음에 대한 회의로 상념에 빠지고는 했다. 아들과는 다시 말을 섞지 않았다. 내 일과는 오로지 이 탑에서 탈출하여 미궁으로 돌아갈 탈출로의 탐색밖에 남지 않게 되었다.

• • •

오랜 관찰과 조사 끝에 나는 탑에서 탈출하여 미궁으로 돌아갈 수 있는 구역 몇 군데를 발견했다. 그중 하나는 탑의 꼭대기에 위치한 온실이었다. 이곳은 미궁의 탑들 중에서도 드물게 사방이 유리로만 이루어진 공간이었다.

이 탑의 거인은 인간에 대해 봉사한다는 본능 외에도 구세계에서 거인들이 명령을 받았던 작업들을 기억하고 있었다. 그중 하나가 바로 온실에서 미궁의 백류석 밑에 갇힌 숲을 복원하는 작업이었다. 그는 온실에서도 건강하지 않은 나무가 있으면 탑을 둘러싼 벽 위 화분에 담아 빛을 쬐어줄 정도로 이 작업에 열성이었다.

온실의 유리벽은 이음새가 단단히 붙어 있었지만 몇 군데 기계거인의 키로만 닿는 곳에는 바깥 공기를 들여보내기 위한 거대한 창이 달려 있었다. 나는 혹시라도 못생긴 거인이 창을 닫지 않고서 나가는 경우가 있지 않을까 기대하며 온실을 찾고는 했다.

창이 열려 있던 적은 단 한 번도 없었지만 그럼에도 나는 실망하지 않았다. 비록 창이 닫혀 있더라도 탑 바깥 미궁의 풍경을 바라볼 수 있다는 것만으로도 안심이 되었기 때문이다. 나는 내가 아직 이 탑에서의 유폐 생활에 길들여지지 않았다고 확인해야만 했다.

"시로아시, 이곳에 갇히셨습니까?"

"오로메, 오랜만이구나."

"이 탑에 갇힌 어리석은 인간에 대한 소문은 익히 들었습니다만 그 인간이 당신이라고는 상상도 못했군요."

"여전히 오만하구나."

"성질이야 제 어미를 닮지 않겠습니까?"

"농지거리는 그쯤 해 두어라. 나는 곧 나갈 것이다. 뒤틀린 거인에게 입은 상처가 낫기만을 기다리고 있을 뿐이다."

그런 와중 하루는 반가운 손님을 맞이하기도 했다. 내가 첫 번째 사내와의 사이에서 만든 아이, 오로메가 미궁을 탐색하다 내가 갇힌 탑 근처를 지나게 된 것이었다. 우리는 유리창을 사이에 두고 안부를 나누었다.

오로메는 첫 번째 사내와의 사이에서 만든 아이들 중에서 사냥꾼의 자질이 가장 빼어난 아이였다. 내가 이름을 붙여주고 떠나보낸 뒤 몇 번인가 마주친 적은 있지만 이렇게 길게 대화를 나눈 것은 처음이었다.

"이곳에 갇힌 이는 하나가 더 있다 들었습니다만."

"너와는 아비가 다른 동생이다. 그놈은 글렀다. 거인에게 길들여졌다."

"당신의 아이 같지 않군요. 하지만 오히려 잘된 일인지도 모릅니다."

"무슨 샀된 소리냐?"

오로메는 그 큰 눈동자를 이리저리 굴리며 한참 동안 단어를 고르다가 겨우 말문을 열었다.

"산류비 님께서 돌아가셨습니다."
"대모님이?"
"그렇습니다. 뒤틀린 거인은 당신이 숨은 이후 더 미쳐 날뛰기 시작했습니다. 얼굴에 흉터가 생겨 원한을 품은 모양입니다. 비가 오는 밤이면 미궁 곳곳을 수색하며 인간들을 학살하였으며 그 범위는 해등로까지 넓어졌지요."

오로메는 나의 추궁에 당시 일어난 사건을 상세하게 전해주었다. 대모님은 내가 뒤틀린 거인한테 큰 부상을 입고 어디론가 끌려갔다는 소식에 경계령을 내리셨다 한다.

하지만 이런 경고에도 불구하고 사냥을 하다 발을 다친 타타리가 뒤틀린 거인에게 그 은신처를 발각당했다 한다. 비가 오는 밤이었는지라 그만 발자취를 남기고 말았다는 것이다.

뒤틀린 거인은 나로 인해 겪은 실패를 다시 한 번 겪지 않으려고 이전보다 더 긴 손톱을 달고 나타났다 했다. 타타리는 노련한 사냥꾼이었지만 한쪽 다리를 저는 상태에서 악에 받친 기계거인을 상대하지는 못했다.

결국 대모님께서는 타타리가 무사히 도망칠 수 있도록 뒤틀린 거인에게 덤벼들어 그 주의를 돌리셨다 한다. 손가락이 셋 달린 그 손이 뒤틀린 거인에게 쥐어뜯길 때까지 말이다.

"시로아시, 당신이 타타리보다도 훈련된 사냥꾼임은 저도 인정합니다. 기계거인을 상대로는 저 위대한 산류비 님보다도 공적을 올리셨다는 것도 알고 있습니다. 하지만 그 상대가 뒤틀린 거인이어서는 누구라도 승리를 장담하지 못합니다. 인간끼리 싸울 때조차도 신장과 체중의 차이는 승부를 결정짓는 요소들입니다. 그런데 기계거인과 인간 사이의 격차는 실력으로 메울 수준이 아닙니다. 부디 상황이 수습될 때까지만 이 탑에 계십시오."

"경솔한 것 같으니. 네가 나에게서 구세계의 인류가 어떻게 몰락하였는지를 듣지 않았더냐? 지금도 이 탑의 밑에서는 나의 아들이 비굴하게도 기계거인에게 끼니를 구걸하고 있다!"

"그러면 어떠합니까?"

나는 유리창 너머에서 탄식하는 옛 딸을 바라보았다. 오로메는 조롱하는 기색도 없이 담담하게 비굴한 현실에 대해 변명하기 시작했다.

"구세계의 영광이라고는 하나 몇 세대 전의 이야기입니다. 저 기계거인으로부터 이 별을 되찾는다 하여도 이 역시 몇 세대는 지난 후의 이야기이지 않습니까?"

"받아내야만 할 핏값을 지우라는 말이냐?"

"시로아시, 미궁의 다른 이들에게 듣자 하니 이 탑의 거인은 비록 우둔하나 심성은 바르다고 합니다. 몸을 귀히 여기십시오."

"네가 그토록 나를 생각하는 줄은 몰랐구나."

오로메는 나의 비아냥에도 불구하고 표정 하나 바뀌지 않았다. 오히려 더욱 진지하게 나의 마음을 돌리려고 하였다.

"얼마 전의 일입니다. 저는 당신이 그러하셨던 것처럼 아이를 가졌습니다. 하지만 도무지 이 미쳐버린 거인들의 나라에서 제 아이를 기를 자신이 없더군요. 뒤틀린 거인이 주로 활동하던 곳은 제 근거지와 가까웠으니까요. 그래서 제가 어찌 하였는지 아십니까?"

"어쨌지?"

"주변을 수소문해 아직 인간을 숭배하는 법을 잊지 않은 기계거인의 탑을 찾아 그 앞에 버려 두고 왔습니다. 그 거인 역시 미쳐 있습니다만 끼니는 구할 줄 압니다. 당신이 산류비 님을 대모로 모신 것처럼 그 아이들이 그를 대모로 모실지도 모르지요. 저의 이름 모를 동생이 그러한 것처럼 말입니다."

오로메는 여전히 단단한 바위처럼 굳은 표정이었지만 그 손만은 파르르 떨고 있었기에 분을 삭이고 있음을 알 수 있었다. 나는 무참한 기분이 되어 나의 가장 뛰어났던 핏줄을 바라보았다.

오로메는 오만하지만 그 오만함이 부끄럽지 않을 만큼 이나 눈부신 재능을 가진 아이였다. 하지만 그 아이는 자신이 나로부터 이름을 받아 사냥꾼이 되었던 것과는 달리 자신의 아이에게는 이름을 줄 수 없는 길을 택했다. 그 아이는 수치를 무릅쓰고 안간힘을 다해 이제까지 꺼내지 못한 한마디를 뱉었다.

"시로아시, 나는 나를 낳았던 당신만큼 강하지 않습니다. 지금의 당신 또한 나를 낳았던 당신만큼 강하지 못합니다. 그만 현실을 받아들이십시오."

· · ·

〔q12ch1f14bj01k0b1ck1b50v3vc30.〕
"못생긴 거인이여."

오로메와 헤어진 얼마 뒤의 일이었다. 그날은 비가 내렸다. 나는 각오를 다진 뒤 탑의 중심부로 찾아갔다. 그곳은 거인이 스스로를 정비하는 곳이었다. 탑의 주인은 또 무슨 연유에서인지 벽을 바라보며 눈물짓고 있었다.

저 못생기고 우둔한 거인은 항상 탑 어딘가에 숨어 지내던 내가 그에게 다가온 것에 적잖이 놀란 눈치였다. 거인은 커다란 눈으로 보다 더 많은 눈물을 흘리면서 나를 맞았다.

나는 그의 발치로 다가가 그 발에 입을 맞추었다.

〔20k5gh51g7j9c0f0c0?〕

"자네가 한결같이 인간을 위했음을 나는 이미 알고 있었지."

〔0k307f0l0cb72?〕

"서툰 방식이라도 힘이 닿는 데까지 인간을 지키고 또 보살핀 게야."

나는 고개를 들어 높은 곳에 위치한 거인의 얼굴을 바라보았다. 오로메가 말했던 것처럼 우둔하지만 그래도 바른 심성이 느껴지는 표정이었다.

거인은 조심스레 손을 뻗어 내 머리에 얹었다. 나는 별다른 굴욕도 느끼지 않고 거인이 나를 쓰다듬도록 내버려두었다.

"나는 어디까지나 그대에게 객식구나 다름없었지. 그럼에도 자네는 성심껏 나에게 봉사하였고. 이제 그대의 깊은 후의에 사의를 표하고자 하네."

〔51v0c1b1gd5‥j1k0cx0b3d5d510?〕

"이후의 일은 그대에게 부탁하네."

바깥의 빗소리가 보다 세차게 울리기 시작했다. 나는 도망치듯이 거인의 품에서 빠져나왔다. 그러고는 한때 오만

했던 딸의 충언을 되새겼다. 그 아이의 말이 맞다. 나는 더이상 오로메를 낳았던 그 시절의 나만큼 강하지 못하다. 현실을 받아들여야만 할 때다.

· · ·

"시로아시."

"돌아가지 않았구나. 잘해 주었다."

"고작 저의 세 치 혓바닥을 몇 번 굴린 정도로 당신의 오만함이 꺾이리라는 생각은 애초에 한 적이 없습니다."

오로메는 어두운 밤의 그림자 속에 숨은 채 짧게 비아냥거렸다. 나는 높은 경도의 유리벽을 단도로 타고 오르느라 지친 상태였지만 아이에게 웃어줄 여유 정도는 남아 있었다.

뒤를 돌아보자 못생긴 거인이 가꾼 온실이 보였다. 못생긴 거인은 하루에 한 번은 온실의 창을 열고 환기를 한다. 그가 바로 옆에 있기에 그 틈을 타고 창을 빠져나가는 것은 무리지만 창 바깥의 누군가가 창이 완전히 닫히지 않게 걸림돌을 놓는 정도는 가능하다.

나는 오로메를 만나고는 못생긴 거인이 창을 열었을 때

창틀에 몰래 걸림돌을 놓기를 주문했다. 그리고 이 아이는
훌륭하게 작전을 수행했다.

"아직 이름을 붙이지 않은 아이는 두고 오셨습니까?"
"그렇다. 그 아이의 이름은 못생긴 거인에게 나대신 지
으라 한 참이다. 네가 말했던 바와 같이 그 아이도 그 편이
더 행복할 것이다."

오로메는 내 목소리에서 치욕을 읽어냈지만 긴 말은 하
지 않았다. 나는 별이 가득한 밤하늘을 바라보았다. 공기
에서 나는 시큼한 냄새로 방금 전까지 내렸던 산성비의 기
색을 느낄 수 있었지만 곧장 다시 비가 내리지는 않을 것
같았다.

"탑 안에 갇혀 있었더니 바람을 읽기 어렵구나. 네 보기
에 언제 또 새벽비가 내릴 것 같으냐?"
"철이지 않습니까. 사흘 안에는 비 소식이 있을 겁니다."
"주어진 시간이 많지 않구나."

나는 오로메와 함께 탑의 외벽을 타고 내려갔다. 탑의

외벽에는 온갖 종류의 파이프들이 혈관처럼 연결되었기에 온실의 유리벽을 오를 때보다는 훨씬 수월했다.

하지만 오랜만에 탑 바깥에 나오니 익숙하던 것들이 익숙하지 않게 다가왔다. 오로메가 보기에도 나의 움직임이 예전 같지가 않았는지 답지 않은 충언을 할 정도였다.

"진심으로 거인 사냥에 나설 생각이십니까? 승산이 없는 싸움이지 않습니까?"

"받아내야 할 핏값은 있지 않느냐."

오로메의 말이 맞았다. 나는 과거와 달리 기계거인의 위협 속에서 아이를 기를 만큼 강하지 않다. 시간이 흐를수록 나는 더 약해지기만 할 것이다. 어쩌면 저 유리벽을 타오르지도 못하게 될 정도로.

그러니 아이를 못생긴 거인에게 맡긴 지금이 거인사냥을 시도할 수 있는 마지막 기회다. 나는 이 기회를 놓칠 생각이 없었다.

• • •

눈물이 많은 거인들의 나라

오로메의 계산대로 사흘째가 되는 밤에 새벽비가 내리기 시작했다. 나는 피난처를 돌아다니며 동포들이 무사한지를 확인하고 뒤틀린 거인의 행적에 대해 수소문했다.

　촉을 곤두세우고 있는 것은 나뿐만이 아니었다. 동포들 덕에 뒤틀린 거인의 위치는 곧장 특정할 수 있었다. 다행히 뒤틀린 거인은 내게 익숙한 곳에 있었다.

　"나는 홀로된 아이로 태어났으나 해등로의 지배자 산류비의 은혜로 그의 딸이 되었으며 이윽고 이름을 받아 노해로의 전사가 된 시로아시다!"

　〔73v0t1fg73cd30!〕

　나는 석벽 위를 달려서 곧장 뒤틀린 거인을 붙잡았다. 뒤틀린 거인은 비가 내리는 미궁을 거닐며 다음 사냥감을 찾고 있었지만 자신이 사냥감이 되리라고는 상상조차 못한 듯했다. 그렇지 않고서야 내가 석벽에서 그 거인의 어깨 위로 뛰어올랐을 때 그렇게나 꼴사나운 비명을 질렀을리 없으니까.

　깡마른 몸과 가느다란 목 그리고 큼지막한 머리까지 이는 뒤틀린 거인이 확실했다. 무엇보다도 고약한 얼굴에 내가 단도로 찔러 새겨준 흉터가 이를 증명했다. 나는 다시 한 번 단도를 그 흉터에 박아 넣었다.

〔0b10j10r0b1!〕

알고는 있었지만 이 단도로는 치명상을 입히기 어려웠다. 그나마 목을 노려야 승산이 있을 터이나 큼지막한 머리에 숨은 목을 찾아내기란 쉬운 일이 아니었다.

내가 주춤한 사이 뒤틀린 거인은 이번에도 나를 들어다 석벽으로 던졌다. 예상한 일이었기에 나는 어렵지 않게 석벽에 부딪치지 않고 바닥을 굴러서 충격을 완화했다.

뒤틀린 거인이 고통으로 울부짖는 사이 나는 다시 한 번 석벽을 타고 올라갔다. 거인 사냥에서 고지를 점령하는 것은 무엇보다 중요하다. 오로메가 지적했던 바와 같이 기계 거인과 인간 사이에는 신장과 체중 차이가 크다. 여기에서 하나라도 차이를 좁혀야만 했다.

나는 전력으로 석벽 위를 달려 자리에서 벗어나려 했다. 뒤틀린 거인은 괴성을 지르면서 미친 듯이 쫓아왔다. 그러면서도 커다란 바위를 주워 던지기까지 하였으나 내 잽싼 몸놀림에 한 번도 나를 맞추지는 못했다.

곧 내가 처음부터 결전의 장소로 점찍었던 장소에 도착했다. 그곳은 바로 미궁에서 못생긴 거인이 지배하는 탑으로 가는 길목이었다. 앞서의 싸움은 모두 이곳까지 뒤틀린 거인을 끌고 오기 위한 미끼에 불과했다.

내가 지금 올라탄 석벽은 그 높이가 뒤틀린 거인의 머리 위를 훌쩍 넘기고 있었다. 다른 지역의 석벽은 뛰어올랐을 때 기계거인의 어깨에 타오르는 것이 고작이지만 이 지역에서라면 손쉽게 그 머리 위를 노릴 수 있다.

"내가 너를 사냥한다!"
[k7b3!]

나는 불시에 뛰어올라 뒤틀린 거인의 목을 노렸지만 이 상황을 기다리던 것은 나만이 아니었다. 뒤틀린 거인이 내가 뛰어드는 순간을 노려 그 기다란 손톱으로 나의 배를 찌르고 만 것이다.

나는 기절할 것 같은 격통에도 불구하고 한 번 더 뛰어올라 맞은편의 석벽 위로 올라가야만 했다. 뒤로 물러나려 했지만 장애물에 부딪혔다. 나는 내장을 쏟아내지 않도록 숨을 골랐다.

거인은 나를 쫓아 석벽에 오르려고 하였다. 둔중한 무게 때문에 바로 오르지는 못했지만 바위를 받침으로 삼아 곧 그 위에 올라올 것이 분명했다.

〔0j10r0h1cd9j0q50f9fl4g3bb5g1fb30v3!〕
"사의를 표한다."
〔d730k4!〕
"너의 어리석음에."

나는 뒤틀린 거인이 용을 써 가며 벽을 오르려고 할 때 온 힘을 다해 내가 부딪혔던 장애물을 벽 쪽으로 밀었다. 그 장애물은 바로 무겁고도 단단한 화분이었다. 평소와는 달리 석벽이 비에 젖었기에 가까스로 내 힘으로도 밀쳐낼 수 있었다.

퍼석, 하고 둔탁한 소음이 났다. 내가 밀친 화분이 뒤틀린 거인의 머리통에 직격한 것이다. 제 아무리 기계거인이라도 이만 한 질량의 충격에는 이겨낼 도리가 없었는지 뒤틀린 거인은 신음 소리와 함께 바닥으로 떨어졌다.

이 석벽은 못생긴 거인이 지배하는 탑의 석벽이었고 그 위에는 볕을 쬐이기 위해 놓은 화분들로 가득했다. 오로메의 지적대로 인간과 기계거인 사이에는 그 신장과 체중의 차이가 있다. 그렇다면 높은 벽으로 신장의 차이를, 무거운 물건으로 체중의 차이를 지우면 되는 것이다.

"끝났다…."

나는 두개골이 깨진 채 바닥에 쓰러지고는 체액을 쏟아내는 뒤틀린 거인의 모습을 확인한 뒤 안도의 한숨을 쉬었다. 거인사냥에 성공한 것이다.

그렇다 해도 이는 반쪽짜리 성공이었다. 나 역시 배를 찔렸으니 말이다. 피가 빗물을 타고 석벽을 적셨다. 나는 죽을 것이다. 대모님과 이름조차 받지 못한 아이들이 그러하였듯이.

[1c0j10g4b300g7j9c…3? 251! 251g7j9c0f02!]

죽음을 마주한 순간 탑의 문이 열리고는 그 안에서 못생긴 거인이 뛰쳐나왔다. 못생긴 거인은 문 밖으로 나와 뒤틀린 거인의 두개골이 박살난 꼴과 그 옆 석벽에 쓰러진 나를 보고는 괴성을 질렀다.

〔251b510cl1cq1h473c30b1k1!〕

못생긴 거인은 이번에도 눈물을 흘리면서 나를 품에 안았다. 그러고는 무슨 뜻인지도 모를 기계어로 떠들어 대기 시작했다.

소란스럽기는. 겨우 죽음을 맞이하게 될 참이었는데 이렇게나 정신 사납게 굴다니. 나는 언제나 기계거인들의 이 교양 모르는 태도가 질색이었다. 구세계의 인류는 최저한의 교육조차 하지 않은 것인가?

〔d1q100d1…h0s10g7c30h3ck4j3b9f3qk0k7bk0c1cq9fb32.〕

그나마 만족스러운 것은 구세계의 인류가 기계거인을 설계하면서 발열기관을 많이 달아 놓았다는 점이었다. 밤새 쏟아진 비로 인해 내 몸은 차게 식었기에 기계거인의 품에서 나는 온기는 제법 반길 만했다.

나는 고개를 들어 못생긴 거인의 이마에 입을 맞추었다. 그것의 이름은 이제 나기미조였다. 이 우둔한 기계거인은 영문을 모른 채 눈물을 폭포처럼 쏟아냈다. 한심하기 짝이 없는 꼬락서니다.

구세계의 영광은 끝이 난 지 오래였고 인류의 역사도 곧 종언을 맞이할 것이다. 이 별은 스스로의 사명과 본분을 잊어버린 어리석고 추악한 괴물들의 소유가 될 것이다. 하지만 그럼에도 불구하고 나는 이 눈물 많은 거인이 밉지 않았다.

나는 마지막으로 눈을 감으며 그렇잖아도 못생긴 얼굴이 눈물로 범벅이 되어 더더욱 못생겨진 거인에게 축복을 내렸다. 부디. 부디 이 눈물이 많은 거인의 앞날이 그만큼이나 따스하고 사랑스럽기를.

후기

이 소설에 영향을 준 작품이 몇 가지 있다. 게임에서는 〈호라이즌 제로 던〉과 〈갓 오브 워〉가 있고 만화에서는 『진격의 거인』과 『서랍 속 테라리움』 그리고 『혼자를 기르는 법』이 있으며 영화에서는 〈클로버필드 10번지〉가 있겠다.

이 소설에 영향을 준 사람이 둘 있다. 누구인지 구체적으로 적으면 작품과 작가를 매칭하지 않는다는 이 책의 컨셉에 어긋날 수 있기에 여기에서 두 사람의 실명을 언급하지 않겠다. 이렇게 누군가의 도움을 받고서도 이름을 지운다는 것은 너무나도 부끄럽고 미안한 일이지만 부디 양해를 해주시길 부탁하는 바이다. 언제나 감사한 두 분이다.

이 소설에는 비밀이 하나 있다. 후기를 빌어 밝힐까 했으나 김보영 작가님께서 비밀로 남겨 두는 편이 좋지 않겠느냐 조언을 주셨으니 그 조언을 따를까 한다. 다만 비밀에 대한 힌트만은 남겨볼까 한다. '510'은 '왜'다. 'ㅇ'은 존재하지 않기 때문이다.

네 번째 너

윤여경

너를 죽이는 일은 언제나 힘들었다.

첫 번째 너는 칼로 찔러 죽였다.
두 번째 너는 불에 태워 죽였다.
세 번째 너는 자살하게 했다.

너를 죽이는 일은 언제나 힘들었다.
하지만 네 번째 너를 죽이는 게 가장 힘들다. 단단한 얼굴 생김새와 다르게 부드러운 갈색 눈, 천국 같은 미소.

・・・

"당신의 임무는 그를 죽이는 것입니다."

"네?"

나는 의아했다. 그리고 당장 비밀정보부를 박차고 나가야겠다고 생각했다.

"세상에는 모두 합해 다섯 명의 그가 존재합니다. 복제가 살아 있는 한 오리지널도 오래 살지 못합니다."

"오리지널을 빼고 나머지 남자들을 다 죽이라는 건가요?"

"그렇습니다. 당신의 임무는 가짜들을 죽이는 것입니다."

"왜 저한테 그런 일을?"

"그분의 연인이니까요."

"한때였죠."

사우스와 노스. 전쟁고아인 우리는 그렇게 이름 지어졌다. 성별도 운명도 다 필요 없었다. 그냥 간편하게 부를 이름이 필요했을 뿐. 여자이지만 어렸을 때부터 남자아이들과 싸움을 좋아하고 잘했던 이유로 살인병기로 키워진 나와 달리 공부를 잘했던 너는 열다섯 살이 되자 엘리트 코스를 밟기 시작했다. 스무 살이 되자 너는 세계정부의 청년 지도자 그룹에 들어갔다. 스물다섯 살이 되자 하원의원이 되었고 다음 해에는 최연소 수상 후보가 되었다. 특별한 해였고, 온 나라가 떠들썩했던 해였다. 그리고 너에게 '그 사건'이 발생한 것도 바로 그해였다.

그해는 내게 있어서 불운의 해였다. 내게 욕을 하는 상관을 바닥에 메다꽂아서 군대에서 불명예 제대를 당했다. 불명예 제대 때문에 용병 지원에서도 계속 떨어지는 바람에 생계가 곤란해졌다. 매일 공사판에서 허드렛일을 하면서 지내다가 네 소식을 들었다.

처음에는 잘못 들은 줄 알았다. 방송에서는 네가 분해되었다고도 했고, 전송되었다고도 했다. 과학자들은 너의 행방에 대해 이런 저런 이론을 폈다. 하지만 누구도 정확한 결론을 내지 못했다.

평행우주가 발견된 이래, 정치인들은 두 파로 나뉘었다. 평행지구들과 지구와의 단절을 위해 과학기술을 쓰자는 파와 평행지구들로 이동해서 외교를 시작하자는 파.

세계 최초의 순간이동 장치를 네가 이용했고 오류가 났다고 했다. 음모론에 따르면 아직 완전하지 못한 순간이동 기술로 너를 죽이기 위한 정치적인 꼼수라고도 했다.

"저도 순간이동 장치를 이용하게 된다고요?"

"노스처럼 순간이동 시에 여러 명으로 복제되는 일은 없을 겁니다. 오류는 고쳤으니까요."

요원은 쉽게 설명하려고 노력했지만 용병으로만 살아왔던 내게는 용어들이 너무나 어려웠다.

"그럼 제가 죽여야 하는 이들은 복제인간인 겁니까?"

"네."

"그럼 복제들에게 오리지널의 기억이 없겠군요?"

내 말에 요원은 잠시 망설였다.

"그들은 자신이 복제인간인지 모릅니다."

요원이 대답했다.

"그게 무슨 뜻이죠?"

"그들은 자신이 오리지널인 줄 압니다."

나는 정신이 아득해졌다.

"기억도 있고, 몸도 같다면 그가 오리지널이 아니라는 증거가 어디 있어요? 모두 오리지널이잖아요."

"아니오."

그가 고개를 세게 저었다.

"뭐가 아닙니까. 제가 보기에 그들은 복제가 아니에요."

"가보시면 압니다."

요원은 단호했다.

"그를 아시지 않습니까? 아주 어렸을 때부터 노스와 잘 알고 있었다고 들었습니다. 복제들은 그의 그림자일 뿐입니다. 그의 성격의 일부분만 가지고 있습니다. 오리지널만이 그의 성격 전체를 가지고 있습니다."

"무슨 뜻인지 모르겠습니다. 저는 이 일 못 하겠습니다."

나는 자리를 박차고 나가려고 했다.

"한때의 연인이라고 하셨죠? 그는 그렇게 생각하지 않았나 봅니다."

요원은 내게 인형을 하나 건넸다. 해지고 더러운 곰인형이었다. 곰인형의 목걸이에서 종이를 하나 꺼냈다.

'S. 나를 구해줘.'

나는 알았다. 그게 무슨 뜻인지. 노스는 항상 그런 식으로 막무가내였다. 일을 저질러 놓고서는 내게 구원을 요청했다. 너는 약하지 않았지만 내 앞에서 일부러 약한 척을 했다. 덫이었다. 너는 항상 주장했다. 내가 있어야 네가 완벽해진다고. 그건 네 생각이고, 내 생각에 내 인생은 완벽이라는 말이 어울리지 않는다. 버겁다.

"가보죠. 가서 보고 결정해도 되나요?"

나는 물었다. 요원이 무표정한 얼굴로 고개를 끄덕였다.

노스와 사우스로 불렸던 우리는 태어나서 열 살까지 함께였다. 전쟁 지역에서 동시에 발견된 우리는 이란성 남녀 쌍둥이로 오인되었다. 신체검사 결과 친남매가 아니었다는 게 밝혀진 이후에도 우리는 계속해서 같이 있었다. 네가 싸움에 지고 있으면 내가 가서 죽지 않을 만큼만 때려주었고 너는 그런 나를 좋아했다. 셈도 잘 못했고, 받아쓰기도 못해서 선생들이 투명인간 취급했던 나. 얼굴에는 늘 검댕이가 묻어 있고 멍이 들어 있었던 나를 말이다.

그후에 네가 나를 멀리하기 시작한 것에 대해서 나는 네 탓을 하지 않았다. 네가 뛰어난 성적을 자랑하기 시작한 이후, 사람들은 네게 좋은 옷을 주었고 좋은 친구들을 소개해주었다.

너는 학교 대표가 되더니, 곧 청년 대표가 되었다. 회합에서 너는 큰 소리로 발언을 했고 모두 네 말에 박수를 쳤다. 네가, 학교가, 선생님들이 그랬듯, 온 세상도 곧 너의 것이 될 것 같았다.

첫 번째 너를 발견한 것은 제2 지구에서였다. 발견된 지 제일 오래된 평행지구였다. 지구로서는 몇 백 년 전 시대에 해당하는 그쪽의 과학기술이 형편없어서 그쪽에서는 제1 지구인 우리의 존재를 알지 못했다.

제2 지구에 떨어진 지 이 년 된 너는 적응해서 잘 살고 있었다. 사실 너무 잘 살고 있었다. 1지구의 발달된 지식으로 부를 쌓고, 타고난 정치력으로 당파를 이끌었다.

예를 들어 가난한 국민들에게 꿈과 희망을 심어주었는데, 그 방법은 외국인을 학살하고 이웃 나라를 침공하는 일이었다. 지난 이 년간 침공당한 이웃 나라들은 속수무책으로 당했다. 수확한 전리품들은 나라의 재산이 되었다. 사람이든 보물이든 문화재든.

덕분에 너의 인기는 너무나 좋았다. 너무 좋아서 네가 무슨 짓을 하던 사람들은 그대로 뒀다.

하지만 나는 첫 번째 너를 좋아할 수 없었다. 탐욕과 광기와 오만에 사로잡힌, 진짜 너의 그림자일 뿐이었다.

첫 번째 너를 죽인 날에도 너는 일을 하느라 바빴다. 여자들을 가둬 놓고서는 순혈 국민을 계속 낳도록 하는 법안에 서명했고, 전쟁에 진 이웃 나라 여성 포로들을 전사들의 성노예로 삼는 명령을 내렸다. 저녁식사 후에는 아이들에게 전쟁을 칭송하는 시를 낭송하게 했다. 내가 바닥에 메다꽂은 그 독재자 같은 상관이 떠올랐다. 그가 무한 권력을 얻으면 첫 번째 너처럼 행동할 것 같았다.

철통 보안인 네 저택에 들어가는 일보다 첫 번째 너를 찌르는 일이 어려웠다. 칼날이 너의 내부에 박혀서 부르르 떠는 동안 너는 나를 바라보았다. '왜?' 그런 눈빛이었다.

너와 같은 눈과, 너와 같은 얼굴로 나를 바라보고 있었지만 네가 아니었다. 절대 너일 수 없었다.

스무 살이 넘고 나서 그러니까 오리지널 네가 유명해지고 나서는 네가 나를 멀리하는 것은 당연한 일이라고 생각했다. 나는 오리지널 네가 변했다고 생각했지만 너는 변하지 않았다. 왜냐하면 우리는 곧 연인이 되었기 때문이었다. 짧은 기간이었지만 좋은 추억이었다. 떠난 것은 나였다. 너에게 어울리지 않는다는 것은 누구보다 내가 더 잘 알았기 때문이었다.

너는 나를 떠나려고 하지 않았다. 용병에 불과한 선머슴 같은 고아였지만 너는 나의 의견을 존중했다. 군복 비슷한 옷을 입고 너와 데이트했던 나에게 치마를 입어 보라고도, 결혼하자고도 요구하지 않았다. 이미 한 번 했다가 거절당했기 때문이었다.

그러므로 나는 잘 알았다. 오만하고 탐욕스러운 첫 번째 네가 절대 너일 수 없다는 것을. 진짜 너라면 독재자가 되지 않았을 거였다.

첫 번째 너를 죽이고 나서 나는 전혀 죄책감이 없다고 할 수는 없었다. 너의 눈빛이 마음에 걸렸다. 하지만 너를 닮은 누군가라고 생각하면 편했다. 첫 번째 너는 절대 네가 될 수 없었다. 너의 마음속 편협한 그림자일 뿐이었다.

두 번째 너는 좀 달랐다. 너는 죽어 마땅했다.

처음에는 네가 여자들을 스토킹하다가 법적 제재를 받았고 나중에는 그녀들을 살해하기 시작한 것을 알았다. 나중에는 살인을 위한 살인을 시작했다. 손쉽게 접근할 수 있는 성매매 여성들이 그 대상이었다. 그녀들이 애원할 때까지 고문하고 결국은 죽였다. 그들이 애원하는 것을 즐겼다는 것을 알 수 있었다.

내가 찾아낸 경찰 보고서에는 네가 어떻게 그들을 죽였는지 소상하게 나왔다. 몸을 거꾸로 달아 놓고 피를 흘리게 한 뒤 조각조각 내서 불태웠다. 여자만이 아니었다. 노인이나 어린이 등 손쉽게 죽일 수 있는 사람들에게 손을 뻗었다. 왜 그런 짓을 했냐고 물어봤더니 전 애인이 자신을 버렸고, 아버지가 자신을 학대하고 버렸고, 사회가 불공평해서 자신이 살기 힘들어서라고 했다. 오리지널 너의 기억과 정확히 같았다. 하지만 오리지널 너는 손쉽게 죽일 수 있는 사람들을 죽이는 일을 선택하지 않고 다른 일을 선택했다.

경찰이 잡기 전에 내가 잡기로 결심한 것도 그런 이유에서였다. 두 번째 너는 그런 짓을 하면 안 됐다. 최소한 너의 모습을 한 누군가는 그러면 안 됐다.

어느 새벽, 클럽 앞 골목길에서 처음 보는 여자의 목을 조르고 있는 두 번째 너를 발견한 나는 너를 향해 달렸다. 너의 목숨을 끊어 놓기 위해서였다. 너는 달려오는 나를 보고 도망가기 시작했다. 막다른 골목길에서 너는 뒤를 돌아보았다. 나와 눈을 마주친 두 번째 너는 놀라는 표정을 지었다.

"사우스!"

네가 소리쳤다. 불쾌했다. 두 번째의 입술로 내 이름이 불리는 것도, 그의 머릿속에 내가 있다는 것도 불쾌했다. 나는 천천히 두 번째 앞으로 걸어갔다.

"이러지 마. 내가 누군지 몰라?"

"알지. 네가 한 일들을 다 알아."

"네가 생각이 나서였어. 네가 날 버린 거, 기억 안 나?"

잠시 나는 망설였다. 그 몇 초의 순간을 놓치지 않고 두 번째는 펜으로 나의 목을 찔렀다. 나는 피를 흘리며 쓰러지다가 너의 발목을 잡았다.

유명해진 네가 부담스러워서 내가 떠나고 나자, 너는 약간의 스토킹을 했다. 집 앞에서 차 안에 숨어 몇 시간 동안 기다린다든가 친구를 통해 연락을 했다. 두 달을 계속된 이 스토킹은 내 생활을 크게 방해하지는 않았고 너에 대한 내 호감을 무너뜨리지도 않았다. 너는 내 입장을 배려했고 최대한 너의 욕망을 참았다. 그리고 둘의 관계를 정상화하려고 노력했다.

두 번째 너는 스토킹을 하고 싶어 했던 너의 그림자를 몇 십 배 확대한 자 같았다. 그리고 어쩌면 내가 떠난 너를 스토킹하고 해하고 싶어 했던 나의 그림자이기도 했다.

"거지 같은 년들. 너희들은 다 죽어야 돼."

두 번째는 내 손을 밟았다. 내 손목에 장착한 레이저 화살이 그와 발목을 관통한 것은 그때였다. 레이저 화살은 그의 발목을 뚫고 종아리와 온몸을 차례로 관통했다. 그리고 내부에서부터 불이 나기 시작했다.

두 번째가 세상에서 사라지는 것을 보는 것은 안심이 되는 일이었다. 보고서 작성을 위해 나는 멀리 숨어서 죽음을 끝까지 지켜봐야 했다. 후미진 골목이라 아무도 오지 않았다. 두 번째는 그렇게 조용히 사라졌다.

잠이 안 오는 습관이 든 것은 세 번째가 죽고 나서였다.

세 번째는 평행지구 중 조금 특이한 곳에서 살았다. 과학 기술의 발전 정도로 보아서는 근미래의 지구였다. 로맨틱 한 만남이 배제된 곳이었다. 아이들은 배양되었고, 남녀 상관없이 비슷한 옷을 입고 비슷한 생각을 했다. 따로 또 같이, 모두 혼자였다.

세 번째 너는 나와 헤어졌을 당시의 너를 떠오르게 했 다. 내가 떠나고 나서 너는 일에 몰두했다. 승승장구하는 너의 모습을 미디어에서 보면서 나는 기쁘면서도 섭섭했 다. 나 따위는 잊은 듯했기 때문이었다. 아니면 그 반대든 가. 한창인 나이에 여자 친구나 아내가 없는 너의 모습을 보고 공격하는 사람들이 생기기 시작했다. 부자연스럽다 는 이유에서였다. 너는 정치인이었지만 마치 학자 같았다. 혼자 멀리서 세상에 영향을 미치는 사람. 하지만 현실과의 연을 끊은 사람.

"내가 복제인 거지? 내가 죽어야지 네가 행복한 거지?"

과학기술이 더 발달한 곳이라서 세 번째 너는 내가 왜 왔는지 그 이유를 추측해냈다.

"답을 꼭 해야 하나?"

그 질문에 대한 답은 그게 아니었을지 몰랐지만 나는 그 렇게 대답했다. 너는 병약했다. 몸도 마음도. 부모에게 버림받고, 연인에게 버림받고, 세상에서도 버림받은 태도로 세상과 유리되어 살았다. 네가 마음가짐을 바꾸지 않는다면 세상은 영원히 너에게 지옥이나 마찬가지였다. 너의 인생에 대한 답은 내가 주는 게 아니었다. 자살하기 위해서 꼭 나의 답이 필요한 건 아니었을 거였다. 하지만 다음 질문에는 답을 해야 했다.

"나랑 같이 죽을래? 현실은 너무 피곤해. 영원한 쉼을 가지고 싶어."

세 번째 너는 내 눈을 똑바로 보았다.

"아니."

나는 생각할 필요도 없이 대답했다.

"그래."

너는 고개를 끄덕였다. 그게 마지막이라는 것을 알았다. 세 번째 너는 이미 여러 번의 자살 시도를 실패했었다.

이번에 너는 성공했다. 다량의 약을 먹고 잠이 든 너를 바라보며 나는 잠들기가 어려워졌다. 너의 삶의 태도는 너의 선택이었다. 내가 관여할 수도 없었고, 하기도 싫었지만, 그렇다고 해서 면죄부가 생긴 것도 아니었다.

이때부터 나는 약물에 의지하기 시작했다. 세 번째 너의 동반자살 제안에 마음이 흔들렸기 때문이었다. 오리지널 너와 같은 모습을 한 세 번째 너와 한날한시에 영원한 쉼터로 가는 것은 정말 유혹적인 제안이었다. 이런 약한 생각은 전쟁을 업으로 삼으며 살인병기로 키워진 나에게 처음 있는 일이었다. 하지만 오리지널 너를 살리기 위해서 나는 죽을 수 없었다.

대신 나는 좀 쉬고 싶었다. 어차피 오리지널 너와 현실에서 함께할 수 없는 내게 세상은 재미없었다. 내면이 흔들리기 시작한 나는 마침내 큰 실수를 저질렀다. 네 번째 평행지구에서 복제가 아닌 민간인을 살해해버린 거였다.

네 번째 너를 처음 본 것은 어느 가정집 앞에서였다. 자상해 보이는 아내와 차문을 열고 내리는 너를 보았다. 나는 잠시 망설였다. 민간인 아내 앞에서 너를 죽여야 하는 입장이었다. 평행지구에서는 증거를 남기면 안 되었다.

오토바이가 나를 밀치고 지나갔고 나는 넘어졌다. 네가 한달음에 달려왔다.

"괜찮으세요?"

낯선 이에게 묻듯 네가 물었다. 네 번째 너는 나를 기억하지 못했다.

"아니오."

나는 대답했다. 아내도 달려왔다. 너희 둘은 부산을 떨며 나의 몸을 살폈다.

네 번째 너의 걱정 어린 얼굴 뒤로 '세 놓음'이라는 간판이 보였다.

"세 놓으신다고요?"

"네, 이곳이 도심에서 멀리 떨어져 있어 조용하죠."

"쉬기 좋은 곳이네요."

충동적이긴 했지만 거짓말은 아니었다. 난 정말 쉬고 싶었다. 세 번째 임무를 마치면서 몸이 만신창이가 되었고, 무엇보다 너를 죽이는 임무를 잠시 멈추고 싶었다.

표적이 위층에 살고 있다는 사실은 안심되지만 위험한 일이기도 했다. 나의 의도를 네가 눈치채기라도 하면 일이 어려워질 수 있기 때문이었다. 나는 한 달 동안 두문불출 방 안에서 물리치료와 운동으로 몸 관리를 하며 보냈다. 너를 죽이기 위한 준비 작업이었다.

가끔 내가 잘 있나 하고 너의 부인이 찾아와 살폈다. 조심스레 그러나 따스하게. 좋은 사람 같았다.

디데이는 일주일 후였다. 너희는 나를 집 파티에 초대했다. 나는 거절했고 방으로 들어가 문을 잠갔다. 손님들이 찾아오고 몇 분 후 네 아내의 비명 소리를 들었다. 내가 뛰어나가자 네가 보였다.

오리지널 너였다.

나는 오리지널의 손을 잡고 골목길로 숨었다. 너는 손에 든 레이저총을 들고 벌벌 떨고 있었다.

"여기까지 무슨 일이야? 치료하고 있는 거 아니었어?"

"네가 망설이고 있다는 소식을 들었어. 그래서 내가 나섰어."

너는 아직도 떨고 있었다. 평생 총을 들어본 적이 없는 너였다.

"네가 설마 누군가를 죽이겠다고 온 거야?"

"아니면 내가 죽어."

너는 비통하게 말했다.

"알았어. 조금만 기다려줘."

나는 한숨을 쉬었다.

"네가 그놈이랑 같이 산다는 소식을 듣고 온 거기도 해. 너 설마…"

"그건 사실이 아니야."

나는 말했다.

"하지만 다른 방법은 없을까? 너의 복제일 뿐이잖아. 네 번째는 좋은 사람이야."

나는 오리지널을 보며 설득해보려고 했다.

"바로 그게 문제야. 내가 바꿔치기 당할 수도 있다고."

너는 고개를 저었다.

"말도 안 돼."

"정말 그럴까? 네 번째는 기억을 잃었어. 아주 편리하지.
누군가의 꼭두각시가 되기에는."

"예를 들어 누구의 꼭두각시?"

내가 묻는 동안 갑자기 골목길 저편에서 누군가 나타났
다. 보디가드 본능으로 너의 앞을 가로막았다. 저편에서
쏜 레이저총이 나의 팔을 스쳤다. 우리와 같은 곳에서 온
사람이 분명했다. 나는 곧바로 작은 표창을 던졌고, 표창
은 상대의 목을 관통했다. 오리지널을 노리고 죽이려고 한
것은 네 번째의 아내였다.

감옥에 갇힌 나에게 형사가 찾아왔다. 네 번째 너였다.

"실명부터 시작하죠. 내 아내의 진짜 이름이 뭐죠?"

네가 물었다. 당연히 그녀의 신분은 모두 가짜였다. 평
행지구에서 건너왔기 때문이었다. 하지만 나는 그녀의 임
무나 배경에 대해 알지 못했다. 오리지널 너를 죽이려는

시도를 했다는 것 빼고는.

"몰라요."

"그럼 당신부터 시작하죠. 당신의 진짜 이름이 뭐예요?"

"사우스 림이라고 했잖아요."

"그런 이름을 가진 사람은 없어요."

"이 세상에는 없겠죠."

"저 세상에서라도 왔다는 말인가요?"

"그래요."

"당신이 일부러 감옥에 들어왔다는 것을 알아요. 도망갈 수 있었는데 일부러 잡혔죠. 변호인도 선임하지 않고. 평생 감옥에서 썩을 셈인가요? 속셈이 뭐죠?"

네 번째 네가 물었다.

"속셈이요? 모르겠어요."

진심이었다. 나는 내 속셈을 알 수 없었다. 어째서 네 번째 너를 아직도 안 죽이는지. 언제 너를 죽이게 될지. 아니면 죽일 생각이나 있는지. 쉬고 싶다고 생각해서 임무를 미룬 지 벌써 한 달이었다.

"이거 먹고 말해요. 이틀 동안 아무것도 안 먹었죠?"

네 번째 네가 내 수갑을 풀고, 앞에 국밥을 놓았다.

"아내를 죽인 나한테 왜 잘해 줘요?"

내가 물었다. 어렸을 때부터 함께 자란 나에 대한 아무런 기억이 없는 너에게 나는 타인일 뿐이었다.

"질문에 대한 대답을 들으려고요."

"저도 질문이 있어요."

"말해봐요. 당신들은 대체 정체가 뭐죠?"

네가 의심스러운 눈빛으로 물었다.

"당신이 기억을 못할 뿐이죠. 당신은 어떻게 형사가 되었죠?"

내가 물었다.

"나는 부분적으로만 기억해요. 이 년 전에 기억상실증에 잠깐 걸렸죠. 아내가 그런 나를 보살피고 결혼까지 했죠."

이제야 이해가 갔다. 네 번째의 아내라던 그 여자가 네 번째의 신분 세탁부터 모든 것에 관여했던 거다.

"다시 한 번 묻습니다. 당신도 나를 만난 적이 있나요?"

네가 물었다. 나는 너를 만난 적 없었지만 또, 있기도 했다. 너의 복제들.

첫 번째 너는 칼로 찔러 죽였다.

두 번째 너는 불에 태워 죽였다.

세 번째 너는 자살하게 했다.

너들은 나를 보며 죽어 갔다. '왜?' 라는 표정으로.

너들을 죽이는 일은 언제나 힘들었다. 죽이고 나서는 항상 눈만 감으면 네가 죽어 가는 모습이 떠오르기 때문이다. 낮이나 밤이나, 언제나. 그래서 나는 운동을 실컷 한 뒤 눈 감을 새 없이 쓰러져 자곤 했다.

낮에는 눈을 항상 뜨고 무언가를 보려고 한다. 지금은 눈을 감고 싶다. 내 눈앞에 네 번째 네가 있다. 부드러운 갈색 눈, 같이 있는 사람을 천국에 있는 것같이 느끼게 하는 바름. 한 달 동안 옆에서 네 번째 너를 탐색했다. 네 번째 너는 아내와 개와 이웃들과 평화로운 삶을 이어 가는 사람이었다. 사회의 불운한 사람들을 돕고 악한 사람을 내치는 성자 같은 사람이었다.

"배달 음식만 시켜 먹으면 위장 버려요."

한번은 네 번째 네가 아내와 함께 음식을 놓고 갔다.

내가 문을 열고 나와 그 음식을 쓰레기통에 버리려고 하자 네 번째 네가 지나가다가 간섭을 했다.

"음식이나 사람이야 입맛에 안 맞으면 버리면 되지만 세를 준 사람과는 연락 끊으면 안 돼요. 월세를 잊으면 안 되니까요."

네 번째 너는 미소 지으며 농담을 했다.

"파티에 오세요. 좋은 영혼들이 많아요."

영혼이라는 말에 왜 마음이 당겼는지 모르겠다. 그냥 천국 같은 미소와 어울리는 단어였다.

부드러운 갈색 눈, 같이 있는 사람을 천국에 있는 것같이 느끼게 하는 바름. 온당함. 절제. 배려. 매너. 현실에는 존재하지 않을 것 같은 그런 이상적인 네 번째의 너.

네 번째 너의 그런 바름이나 따스함을 세상에서 없애고 싶지 않았다. 그게 오리지널 너를 위한 일이라도.

평행지구에서 누군가를 죽이는 일은 어렵다. 증거를 남겨서는 안 됐다. 그러므로 네 번째 너를 죽이지 않기 위해서 내가 할 수 있는 최선의 일은 내게서 무기를 없애는 거였다. 가장 안전한 곳은 감옥이었다. 감시 카메라가 곳곳에 있고 감시원들이 있는 곳. 내게 안전한 곳이 아니라 네 번째 네게 안전한 곳. 어디엔가 숨어 있을 오리지널 너에게 네가 다치지 않길 바라며.

"몸이나 조심해요."

아무런 소득 없이 떠나는 네 번째의 뒤통수에 대고 말했다.

"제가 올 때마다 항상 그렇게 말하는데, 협박인가요?"

네 번째 네가 물었다.

"현실적인 조언이죠."

나는 대답했다. 언제든 오리지널 너의 측근이 와서 너를 살해할 수 있었다. 다음에는 너에게 그 사실을 알리기로 결심했다.

그런 결정을 하기까지 쉽지는 않았다. 그렇게 되면 오리지널의 건강은 좋지 않을 수도 있었다. 하지만 세 개의 복제가 사라진 지금 오리지널의 생존에는 큰 문제가 되지 않을 거였다. 오리지널이 항상 최상의 컨디션을 가지려고 운동을 하고 건강식을 먹는 것을 아는 나는 조금 걱정되기도 했다.

감방으로 들어와서 잠깐 누웠다. 내가 아는 오리지널이라면 최상의 컨디션을 위해 누군가를 죽이는 일을 굳이 하지는 않을 거였다. 내가 아는 심성이 착한 너라면 말이다.

문이 열리고 네 번째 네가 들어왔을 때 나는 예감했다. 뭔가 예상치 않은 일이 발생하고 있다는 것을.

감방 안에는 감시 카메라가 없었다.

"감방 안에서만 긴밀히 할 말이 있다면서요."

네 번째 네가 감방 안으로 들어오며 말했다. 바로 뒤로 간수가 따라 들어왔다. 나는 간수의 얼굴을 재빨리 확인했다. 오리지널 너였다. 너는 나를 향해 무언의 눈빛을 보냈다. '아무 말도 하지 말라는.' 나도 무언의 눈빛을 보냈다.

'네 번째를 죽이지 말라고. 그는 좋은 사람이라고. 너는 그가 살아 있어도 생존할 수 있잖아!'

하지만 나는 네 번째를 향한 너의 살해 의도를 눈치챘다. 그리고 순식간에 너와 네 번째 너 사이를 가로막았다. 네 번째를 살리기 위해서는 나를 살릴 경황이 없었다.

오리지널 너는 주머니 속에서 내가 쓰던 레이저총을 꺼냈다. 그리고 네 번째 너를 향해 쏘았다. 나는 중간에서 그걸 대신 맞았다. 몸을 관통하는 레이저의 불길을 느끼며 나는 순식간에 너를 제압했다. 그 순간이었다. 네 번째가 레이저총을 들고 서 있었다.

"제발 그를 죽이지 마요."

나는 외쳤지만 네 번째는 오리지널 너에게 이미 여러 번의 총상을 입혔다.

"안 돼."

나는 오리지널 너를 안았다.

"너를 데리러 왔는데 성공하지 못했어. 미안해."

간수 복장을 한 오리지널 네가 죽어 가며 말했다.

"몸도 약하면서 왜?"

나는 가슴이 무너져서 제대로 말을 할 수 없었다.

"네가 나대신 강해져야 하는 게 더 이상은 싫었어. 안타

까웠어."

너의 말이 점점 흐려졌다.

"나도 이렇게 돼서 안타깝기는 마찬가지야."

네 번째가 조용히 말했다.

"오리지널은 그렇다고 해도 네가 죽게 되리라는 것까지는 미처 생각하지 못했는데."

안됐다는 듯이 네 번째 네가 한숨을 쉬었다. 평소의 아름답고 부드러운 목소리였다.

네 번째가 하는 말이 무슨 뜻인지 알 수 없어서 그를 보았다.

"그게 무슨 소리야? 혹시 우리를 기억하는 거야?"

나는 물었다.

"질문에 대답할 시간이 없어서 이만."

대답대신 네 번째가 천천히 레이저총으로 나를 겨눴다. 그리고 쏘았다. 세 번. 아무 일도 없다는 듯 평상적으로 나와 눈을 마주치며.

나는 꿈속 같은 그 순간에 치명상을 입고 쓰러졌다. 그때까지도 무슨 일이 일어났는지 실감할 수가 없었다. 주위가 슬로모션으로 돌아가는 것 같았다.

네 번째 너는 오리지널이 죽었는지 확인하기 위해 앉아

서 오리지널 너의 심장에 손을 댔다. 그리고 조용히 일어나서 무릎에 묻은 먼지를 깨끗이 털었다.

그제야 깨달았다. 네 번째 너는 기억을 잃은 게 아니었다. 오리지널 너의 그림자 중에 가장 악독한, 거짓말로 남을 속이는 부류.

고통에 눈을 감았다. 죽어 가면서 떠오른 것은 네 번째의 얼굴이었다.

부드러운 갈색 눈, 같이 있는 사람을 천국에 있는 것같이 느끼게 하는 바름. 온당함. 절제. 배려. 매너. 현실에는 존재하지 않을 것 같은 그런 이상적인 너.

'당신의 임무는 가짜들을 죽이는 것입니다.'

요원의 말이 떠올랐다.

나의 임무는 실패했다.

후기

젠더 전쟁을 테마로 쓴 단편이다. 젠더 전쟁은 집단지성 내부의 아니무스와 아니마의 분쟁으로도 일어날 수 있다고 생각했다. 즉 인간 안에는 아니마와 아니무스가 동시에 존재한다는 가설을 수용하여 외부에 투사된 잘못된 아니무스를 죽인다는 이야기를 만들었다. 오리지널 노스가 아닌 복제 노스들은 모두 집단지성 속의 병든 남성상 아니무스이고 사우스는 그들을 죽여가면서 오리지널 노스에게 다가간다.

아니무스에는 4 단계의 발전 단계가 있는데 첫 번째는 육체미남, 두 번째는 낭만적 남성, 세 번째는 뇌섹남, 네 번째는 영혼의 지도자이다. 사우스는 스스로 육체적 영웅이 되므로 첫 번째 아니무스를 체화해버리는 실수를 했지만 세 번째의 궤변에도 속지 않았고 성공적으로 세 명의 잘못된 집단 아니무스상을 제거했다. 사우스는 그렇게 상징적으로 '오리지널 노스'와 가까워질 기회를 얻었지만, 결국 네 번째에게 살해당하게 된다. '이상적인 유토피아'에 살고 있는 '천국 같은 영혼'의 네 번째의 삶이 상징하는 집단 아니무스상이 '거짓이며 가짜'라는 것을 알아채지 못했기 때문이었다. '거짓으로 만든 이상'이 가득한 시뮬라시옹의 현대에 사우스와 노스는 그렇게 서로에게 가는 길을 영원히 잃었다.

수명이 길어진 현대, 결혼 적령기는 늦어지고, 결혼을 전제로 하지 않는 남녀 사이의 무겁고 진지한 만남은 가벼운 가식과 거짓 만남으로 대체되어 남녀 사이의 거리가 점점 멀어지고 있음도 은유하고 싶었다.

미지의 우주

오정연

현재 시각 금요일 화성표준시 오후 5시 30분. 미지는 30분째 메인 화면 한구석, 새 이메일 알림이 표시될 곳을 응시 중이었다. 이런 소식은 금요일 퇴근 직전 혹은 월요일 출근 직후 도착하기 마련이었다. 피곤한 눈과 초조한 마음을 쉬려고 고개를 돌리던 미지의 눈에 들깨 화분이 들어왔다.

한 달쯤 전이었나. 뒷거래로 한국에서 공수한 신상 꿀버터 과자라도 되는 양 혜리가 들깨 씨앗을 건넸다. 지구 식재료를 구하는 게 더 이상은 어렵지 않았지만, 단 한 평의 경작지도 비용을 의미하는 현실은 변함없었다. 오크라, 두리안, 깻잎 등 특정 문화권에서만 사랑받는 채소나 과일은 대규모 이주 목록에 여전히 이름을 올리지 못했다. 그 같은 식물이 못내 그리운 이들은 알음알음 소규모 가정 재배를 시도했다. 미지는 내심 귀찮았지만, 늘 깻잎을 아쉬워했던 엄마 생각에 씨앗을 버리지 못했다. 마침 우주는 뭐든 키우고 싶다고 성화였다. 교육상 좋을 수도 있겠다 싶었다.

작은 화분과 흙을 구해 파종할 땐 반신반의했다. 하루두 번씩 꼬박꼬박 물을 주면서 새싹과 애착이 함께 움텄다. 아침저녁으로 인사를 나누던 어느 날이던가. 발아하는 순간을 알아채지도 못했는데 어느새 제법 큰 그늘을 드리우고 있었다. 식물도 인간도 인간의 마음도 매한가지였다. 떡잎을 발견한 지 2주 만에 잎사귀가 세 쌍이 됐다는 걸 확인한 미지는 결국 인정했다. 들깨가 자신의 마음에도 뿌리내렸음을.

데이케어에 우주를 데리러 가기 전에 물을 줘야겠군. 그 순간 기다리던 제목을 가진 새 이메일이 날아들었다.

레드플래닛 팀장급 지구 연수 대상자 선발 결과

미지는 화성 최대 엔터테인먼트 서비스 기업 레드플래닛의 핵심 업무가 집중된 사용자 분석팀 팀장이었다. 지구로부터 콘텐츠를 선별 수입하던 회사는 그간 제작 참여율을 점진적으로 늘려 왔다. 급기야 태양계 표준력 4년 안에 화성 자체 제작 콘텐츠를 일정 비율 이상 서비스한다는 계획을 공식화했다. 회사 내 최고 인력을 모아 3년 뒤 콘텐츠 제작팀을 출범한다는 액션플랜도 공개했다. 이를 위해 지구 각국의 콘텐츠 기획, 제작, 홍보 및 배급 주요 기업에서 진행되는 2년간의 직원 연수 프로그램을 대대적으로 시작했다.

태양계가 좁아지긴 했다. 대규모 정착지가 존재하는 화성과 지구 사이의 심리적 거리는 과거 달과 지구만큼 가까웠으니까. 하지만 행성 간 여행은 여전히 일반인들이 일상적으로 계획할 만한 이벤트가 아니었다. 다른 행성으로 향하는 것은 남은 인생의 전부를 건 결정, 즉 이주를 의미했다. 그런데 파격적인 지원 조건으로 단 2년간 지구의 중력과 대기를 경험할 수 있는 기회라니. 게다가 1년이라는 왕복 이동 기간 역시 유급. 당연하다는 듯 경쟁률이 치솟았다.

3년 가까이 육아를 함께했던 엄마가 반 년 전 세상을 떠나지 않았다면 제아무리 좋은 기회라도 미지는 못 본 척 넘겼을 것이다. 처음엔 그저 들깨 씨앗을 심고 물을 주는 마음으로 연수 프로그램 지원 준비를 시작했다.

최근 '메이드 인 화성' 콘텐츠를 향한 사용자의 갈증이

유의미한 증가세를 보이는 중이었다. 지구의 사계절, 지구의 도시, 지구의 중력이 별다른 애틋함을 지니지 않는 화성 정착 2세대인 강미지 사용자 분석팀장에게 이는 중요한 징후였다. 게다가 연수 기업 리스트에는 한국 엔터테인먼트 기업이 있었고 한국어 능통자를 선호했다. 도전할 만한 의미는 물론 승산도 있었다. 행성 간 왕복선이 2년 주기로 돌아오는 화성-지구 대접근기에만 운행하기에 지원 일정은 다소 빠듯했다.

씨앗을 심고 물을 줄 때 새싹을 만나지 못할 거라 생각하는 사람은 드물다. 미지 역시 밤잠을 줄여 가며 필요 서류를 준비하면서도 그 모든 노력이 보답받지 못할 가능성은 고려하지 않았다.

축하합니다. SBN엔터테인먼트(한국)에서 진행될 연수 대상자로 선정되셨습니다. 아래 링크에서 대상자 유의사항과 향후 일정을 확인하시기 바랍니다.

아침이면 커다란 해가 떠오르고, 밤이면 하나뿐인 작은 달이 하늘을 가른다는 곳. 지구에 대한 책을 읽어줄 때마다 집중하는 우주의 신중한 뒤통수를 생각하며 미지는 데이케어를 향해 바삐 걸음을 옮겼다.

"아, 그래? 잘됐네."

우주의 첫 반응이 의미심장했다. 엄마가 평소보다 늦게 온 것이 불만인 모양이었다. 영어와 중국어를 공용어로 사용하는 화성인들은 가정에서는 각자의 모어를 사용했다. 우주가 한국어를 접하는 소스의 95퍼센트는 엄마인 미지였다. 엄마가 그랬듯, 미지는 아이의 말투 및 관용구를 통해 자신의 언어습관을 돌아봤다. 연수 지원으로 바빴던 탓에 아무래도 요즘 우주한테 심드렁하긴 했지.

머쓱해진 미지는 말없이 아이의 손을 잡고 집으로 향했다. 거기서도 우주를 보육기관에 맡겨야 할 것이고, 근로환경이 지구에서도 치열하기로 소문난 한국이니 오랫동안 맡아주는, 집에서 가까운 곳을 찾아야 할 텐데. 아니, 그보다 집을 직접 구해야 하던가 아니면 제공되던가. 쨍한 목소리가 복잡한 머릿속을 비집고 들어왔다.

"엄마! 우리 놀이터 들렀다 가자아!"

삐친 아이를 달래야 했고, 놀이터에서 기운을 빼면 이른 취침이 가능할 테고, 잘하면 우주가 노는 동안 태블릿으로 각종 지원 조건을 확인할 수도 있을 터였다. 미지는 순순히 방향을 틀었다. 귓갓길에 놀이터를 지나치지 못한 아이들이 하루를 불사르는 소리가 멀리까지 들려왔다.

　평생 지구 중력을 경험한 적 없는 이주 2세대가 3,40대에 접어들었다. 그간 다국적 화성정착지 역시 삶의 터전으로 제법 단단한 뿌리를 내렸다. 농업단지, 공업단지, 금융단지, 고등교육단지 등 주로 업종으로 정착지가 구획된 탓에 이웃들은 모두 동종업계 종사자들이었다. 미지가 살고 있는 정보통신단지는 예로부터 지구에서 유입된 신규 이민자가 많은 편이었다. 최근 몇 년간 그중에서도 한국인 비율이 눈에 띄게 높아졌다. 우주가 근래 어울리기 시작한 또래 여자아이 두 명 역시 한국에서 화성 내 다른 정착지로 이주한 뒤 석 달 전 이쪽 단지로 옮겨 왔다. 그 엄마들에게 육아친화적 한국살이 정보를 얻을 수 있을지도 몰랐다.

　놀이터에 들어서자마자 우주는 한달음에 무리에 섞여 들었다. 미지는 대부분 여성으로 구성된 한국인 보호자 그룹과 목례를 주고받은 뒤, 두어 걸음 떨어진 곳에서 태블릿을 꺼내 들었다.

　"오늘 퇴근이 이르셨나 봐요. 우주를 직접 데려오신 거 보면."

　형식적이나마 말을 건넨 이는 여느 때처럼 다율 엄마였다. 놀이터의 인간 보호자 대부분은 남편의 이직으로 화성

행을 택한 여성이었다. 우주가 놀이상대를 적극적으로 요구하기 시작하면서 미지는 그 그룹에 속하려는 노력을 기울여야 했다. 그러나 아이의 상급학교 진학, 남편의 직장 내 처우, 화성 적응에 필요한 건강 및 피부 관리 등 지구 출신 여성 양육자 그룹의 시시콜콜한 화제 중 무엇 하나 미지가 끼어들 틈이 없었다.

기실 놀이터에서 이뤄지는 인간 보호자들과의 모든 네트워킹이 미지는 어느 정도 귀찮고 불편했다. 화성 이주 2세대이자 풀타임으로 일하는 미지를 그들이 마뜩치 않아한다는 느낌, 혹은 미지 자신이 그들과 다르다 여기는 모종의 우월감도 없지 않았다.

"오후에는 재택근무를 했거든요."

평소라면 여기가 끝이었을 것이다. 무슨 말을 더해야 할지 몰라 주저하던 미지가 용기를 내어 무리로 복귀하려는 다율 엄마를 붙잡았다.

"우주랑 제가 곧 2년 거주 일정으로 지구에 가게 될 것 같아요."

우주네 학년에 새로 들여온 교육로봇의 성능에 대한 성토로 여념이 없던 이들이 약속이나 한 듯 미지를 돌아봤다.

"한국…으로 가요. 우주 유치원 문제도 있고, 앞으로 종종 문의드릴지도 모르겠어요. 잘 부탁드려요."

"어머, 축하할 일인 거 맞죠? 대접근기 곧 시작인데 준비하려면 엄청 바쁘시겠어요."

"아휴, 그 긴 비행을 우주가 힘들어서 어쩐데요."

"화성 토박이 분들 지구 중력 적응이 특히 힘들다던데 훈련 열심히 하세요."

정착 초기에 태어난 미지는 화성 인구가 기하급수적으로 늘어나는 것을 전 생애에 걸쳐 체감했다. 생존에 직결된 문제가 산적했던 초기 화성의 언어생활은 정보와 지령 전달에 급급했다. 제아무리 유창해도 공식어는 모어보다 낯설고, 모어를 사용할 사적 영역은 넓지 않았다. 행성 개조가 순조롭게 진행되면서 사람들은 비로소 친교와 자기 표현이라는 언어의 본래 기능을 적극적으로 활용하기 시작했다. 그러나 화성인의 언어는 본디 간결하고 직설적이었다.

미지는 전형적인 화성인이었다. 실제 발화 내용보다 행간에 더 많은 의미를 담는 지구인, 특히 한국 출신 지구인과 대화하는 일은 늘 묘하게 피곤했다. 미지는 귀가 후 저녁 시간 내내, 놀이터에서 감지했던 이상 기류를 곱씹었다. 다시 한 번 피로감을 느꼈다.

그 자리에 혜리가 있었다면 달랐을 것이다. 2년 전 화성에 도착한 이웃 혜리는 지구를 떠나기 직전까지 영화 프로듀서로 일했다. 흥행은 물론 작품성 면에서도 타율이 빼어났다고 했다. 우주보다 한 살 많은 아들과 한 살 어린 딸이 있었다. 기획자의 업무는 불규칙할 수밖에 없는데, 육아의 생명은 정해진 일상의 반복이었다. 경력이 10년에 달하던 해 둘째를 임신했다. 비인간적인 스케줄을 계속 소화하다가는 말 그대로 죽을 것만 같은 위기감이 엄습했다. 마침 이직에 성공하여 탈지구가 가능해진 남편을 미련 없이 따라나섰다. 둘째의 어린이집 입소와 함께 6년에 걸친 육아 집중기 졸업이 코앞이었다.

혜리는 야무지고 경우가 발랐다. 미지가 아버지를 향한 뿌리 깊은 애증을 털어놓은 유일한 사람이기도 했다. 미지의 아버지는 향수병 때문—이라고는 하지만 실은 그저 지구 김치 맛을 못 잊어 이주 6년 만에 가족을 버리고 지구로 돌아가버렸다. 로봇 공학자였던 미지의 엄마는 혼자 힘으로 딸을 당당한 화성인으로 길러냈고, 미지와 함께 우주를 키웠다. 미지가 그런 엄마를 떠나보냈을 때, 혜리는 미지의 단출하고 애틋한 애도를 함께했다. 혜리 역시 화성으로 향하기 직전 엄마가 돌아가셨던 것이다.

우주의 유치원 문제를 의논할 첫 번째 상대는 당연히 혜리였다. 귀가하자마자 지구행 소식을 문자 메시지로 알렸는데 몇 시간이 지나도록 잠잠했다. 우주를 재우고도 한참 뒤 답신이 도착했다.

언제부터 계획한 일이야?

축하 인사도 생략한 채 짧고 굵게 따지는 말투였다.

계획이랄 게 있나. 이러저러한 기회가 생겼는데 혹시나 하는 마음으로 해봤던 거지. 그나저나 큰일 났어. 우주 맡길 보육기관 알아봐야 하는데, 유치원이랑 어린이집이 어떻게 다른 거야?

미지는 평소답지 않게 정돈되지 않은 메시지를 보내 놓고 채팅창을 노려봤다. 잘못한 것도 없는데 잘못한 듯한 기분이 찜찜했다. 막 잠이 들려던 찰나 대답이 돌아왔다.

그런 거 하나 안 알아보고 덜컥 지원했어? 한번 해봤다고? 지구나 한국에 연고도 없으면서 어쩌려고 그래? 통합시스템으로 유치원이고 어린이집이고 검색해서 실시간으로 지원해야 하는데 그게 가능할까?

미지에게 한국어는 불가해한 모국어였다. 정확하게 말하는 것을 두려워하는 이들을 위한 언어랄까. 말의 이면에 깔린 화자의 기분을, 말의 문자적 내용보다 먼저 인지해야 한다는 알람이 늘 켜져 있었다. 혜리의 문자에선 그 알람이 최고 단계 경보로 빛났다. 물음표가 많았지만 어느 것 하나 대답을 필요로 하지 않았다. 그러나 대답이 아닌 어떤 대응이 필요한지 미지는 도통 알 수 없었다.

미지는 육아로봇에게 우주를 맡기고 주말 출근을 감행했다. 연수 담당자에 따르면 보육비는 일정 범위 안에서 지원 가능하지만 서비스를 검색하고 지정하는 일은 전적으로 당사자의 몫이었다. 지구의 월드와이드웹을 매일 정해진 시각에 크롤링하여 다운로드해 두는 서버에 접속하는 일도, 지구 인터넷을 실시간으로—라고 해도 편도 3분에서 22분의 시차가 존재하지만—검색하는 작업도 회사의 슈퍼컴퓨터를 통해야 했다.

우주는 주말에 집을 비우는 엄마에게 단단히 토라졌다. "우주 이제 엄마 딸 아니야!"라며 돌아앉은 고집스런 뒤통수를 향해 미지가 소리쳤다.

"강우주! 이따 저녁때 엄마랑 같이 화분에 물 주자!"

어제 아침 이후 방치된 들깨 화분이 그 와중에 미지의 마음에 밟혔다. 당장 우리가 지구로 떠나면 화분은 어떻게 되는 거지. 미지는 머릿속에 가장 먼저 떠오른 혜리의 얼굴을 애써 외면하며 발걸음을 재촉했다.

사무실에 도착하자마자 어린이집과 유치원의 차이를 먼저 검색했고, 의외로 결론은 간단했다. 유치원보다 보육시간이 긴 어린이집이 목표로 설정됐다. 먼저 정보 통합 공시 사이트에서 개별 기관의 정보를 조회하여 희망 기관을 정한다. 이후 '베스트키드'라는 어린이집 전용 통합 사이트에서 원하는 기관에 입소대기 아동을 등록한 뒤 자리가 나길 기다리면 끝. **꽤 단순한데?** 그러나 방심은 금물이었다. 영문 모를 강박이 헛웃음을 자아내는 사이트 이름은 물론이고, 미묘하게 불편한 인터페이스와 겉만 번지르르한 플러그인이 곳곳에 숨겨진 한국의 웹 환경이 매순간 소소하게 당혹스러웠다.

그럼에도 불구하고 필요한 정보를 모두 확보한 미지는 지구 인터넷 접속을 앞두고 호흡을 가다듬었다. 베스트키드 회원가입과 입소대기 신청 모두 실시간 통신으로만 가능했다. 동일 행성 안이라면 눈 깜빡할 사이에 이뤄지는 클릭 한 번이 지구-화성 웹 서핑이라면 전혀 다른 얘기였다. 짧으면 건강한 성인이 지구에서 1킬로미터를 뛰는 데 필요한 시간, 길면 45분짜리 드라마 에피소드 한 회 분량을 감상할 수 있는 시간을 의미했다. 때문에 지구와 실시간 교신을 앞둔 화성인들은 화성-지구 거리에 따른 시차를 고려하여 저마다 준비 의식을 거행했다. 미지는 매순간 달라지는 화성-지구 통신 소요시간을 어플로 확인하며 의례를 시작했다. 커피를 내리고, 마음을 안정시키는 빗소리 백색소음을 틀어 놓고, 해당 통신 소요시간 안에 수행할 수 있는 단순 업무 몇 가지를 쌓아 놓았다. 준비를 마친 미지는 베스트키드 회원가입 페이지에 기세등등 입장했다. 화면에 메시지가 떴다.

본인 인증이 필요합니다. 홍채 인식에 동의하십니까?

일견 간단해 보이는 질문은 서막에 불과했다. 홍채 인식 절차에 앞서 자신의 생체정보가 해킹 시도로부터 안전함을 증명해야 하고, 이는 각종 악성 소프트웨어 퇴치 백신의 인체 이식을 통해서만 가능하며, 이 기상천외한 백신은 당연히 대한민국에서만 이식과 갱신이 가능하다는 걸 깨닫기까지 왕복 10분의 시차를 열 번쯤 거쳤다. 불가해한 일투성이었다. 시스템이 개인에게 보안의 책임을 지운다는 것도, 개인이 자신의 신체에 이식한 백신 칩을 매년 갱신하는 불편을 감수한다는 것도 이해할 수 없었다. 가장 불가사의한 것은 태양계 구석구석 인류의 생활권이 확장된 이 시대에 이처럼 완벽하게 무용한 국가 시스템이 존재한다는 사실이었다. 화성-지구 대접근기가 아니었다면 애초에 이해를 포기했을, 그리하여 깨달을 수도 없었을 철저한 무쓸모였지만.

왕복 10분의 시차를 다시 열 번쯤 견딘 끝에 (덕분에 사놓기만 하고 일독을 미뤄 뒀던 아방가르드 소설 한 권을 거의 독파했다.) 알아낸 것은, 외국인은 최신 버전 백신 없이도 본인 인증이 가능하다는 신묘한 사실이었다. 일종의 다국적 연합체였던 화성 거주자들은 모두 지구 국적을 유지했다. 민족적 정체성을 버려야만 본인임을 인증할 수 있는 조국의 인터넷 환경은 이제 미지에게 모국어 못지않은 미스터리로 등극했다. 우여곡절 끝에 회원가입에 성공한 미지는 얼떨떨한 성취감을 재빨리 떨쳐냈다. 안심할 수 없다는 본능적인 경계감을 발휘하며, 다음 단계—시스템 등록에 돌입했다.

등록 첫 페이지에서 아동 본인은 물론 양쪽 보호자의 개인정보를 입력해야만 입소대기를 완료할 수 있다는 걸 발견했을 때, 미지는 10분의 시차가 오히려 울화를 다스리는 데 도움이 될지도 모른다고 생각했다. 강우주 밑에 친모 강미지의 정보를 빠짐없이 입력했지만, 친부의 정보를 빈칸으로 남겨 둘 경우 다음 페이지로 넘어갈 수조차 없었다.

2년에 한 번 돌아오는 대접근기에 가까운 지금도, 빛의 속도로 5분을 여행해야 닿을 수 있는 인류가 태어난 행성. 한없이 아득한 모성에서 날아온 신호를 앞에 두고 미지는 망연자실했다. 그 순간, 아동 등록 페이지로 넘어가기 직전 화면 맨 하단에 수줍게 표기된 '특수가정'이라는 작디작은 선택 버튼이 눈에 띄었다. 다시 10분을 기다려 한 부모 가정, 동성 가정, 조손 가정 등이 '특수'하다는 것을 알게 됐다. 4년 반 전, 미지는 사귀던 남자와 헤어진 직후 임신 사실을 알았다. 생부에게 이를 알릴 필요도, 의무도 없었기에 별다른 고민 없이 싱글맘이 됐다. 성을 물려준 아이의 풀네임을 일상적으로 부르면서 미지는 딸에게 그것의 특별함과 각별함을 의식적으로 알리고 싶었는지도 모르겠다.

그렇다고 그 특수함을 낙인찍을 권한을 국가에게 준 적은 없었는데. 일별도 힘든 선택 버튼으로 존재하는 특수함을 통해 개인의 결정을 이처럼 소소하게 모욕할 권리는 누구에게도 없었다.

이렇게까지 해서 지구를 가야 하나. 앞뒤 없는 회의가 고개를 쳐들었다. 젊은 싱글맘 미지가 회사 내에서 현 위치까지 오를 수 있었던 데는, 특정 분야에 숙련된 인력이 넉넉지 않은 화성의 특수성이 어느 정도는 작용했다. 당연하고 합리적으로 주어졌던 모든 가능성은 철저히 화성에 특화된 것이었다. 미지는 가까운 미래를 검토했다. 회사는 향후 건설될 태양계 내 다른 정착지로 진출을 시도할 터였다. 다양한 중력과 인력, 공전과 자전주기를 몸에 새기며 살아가는 지구 밖 정착민들에게 레드플래닛은 상징적인 의미를 지닐 것이다.

이것은 지속적 성장이 보장된 국면에서 온전히 능력으로 거머쥔 기회다. 무엇보다도 미지 자신이 지구에서 제작되는 콘텐츠에 만족할 수 없는 레드플래닛 주 사용자 그룹의 핵심 멤버였다. 오래된 행성의 식상한 기준으로 규정할 수 없는 화성인의 다양한 정체성을 마땅히 아우르는 콘텐츠를, 다를 뿐 틀릴 리 없는 이들의 이야기를, 태양계의 일

원으로 성장할 우주에게 보여주고 싶었다. 그 신나는 파도
에 올라타려면 지구 연수는 필수였다. 포기할 수 없다.

그 순간 문자 메시지가 도착했다. 혜리였다.

주말 놀이터 플레이데이트 나올 거야?

힘겨운 주말 육아의 난이도를 낮추기 위해 한국 엄마들
은 언제부턴가 주말마다 같은 시간 한 곳에 모여 아이들을
놀게 했다. 많은 한국 가족들이 교회에 나가는 일요일을 피
하다 보니 자연스럽게 토요일 오후 4시로 시간이 굳어졌
다. 혜리 덕분에 미지도 자연스럽게 그 모임에 합류했다.

따지고 보면 사택단지와도 같았던 작은 주거 공동체 안,
대부분의 이벤트가 남성과 여성의 결합을 전제했다. 그 안
에서 모녀 3대라는 희귀 조합은 아무래도 겉돌기 십상이
었다. 행간은 물론 사람 사이도 귀신같이 알아채고 챙기는
혜리의 중계로 우주의 또래 공동체 안에서 미지 모녀의 운
신은 부쩍 편해졌다.

문자만으로는 혜리의 마음을 짐작할 수 없었다. 웬만하
면 얼굴을 비치는 것이 좋을 듯했다. 미지가 부랴부랴 귀
가하여 우주와 함께 놀이터에 들어선 것은 4시10분쯤. 그

런데도 미지에겐 헤리를 포함한 다른 이들이 그 장소에 30분 전부터 있었던 것처럼 느껴졌다.

"다율 엄마, 혹시 오늘도 과자 가지고 오셨나요?"

지난 주 다율 엄마가 아이들에게 나눠준 쌀과자를 유난히 감명 깊게 먹었던 우주가 평소답지 않은 용기를 내어 엄마나 선생님 외의 어른에게 말을 걸었다. 서로의 이름을 부르지 않고 가족 및 친족 호칭으로 부르는 한국식 화법이 끝내 어색했던 미지는 우주 친구 엄마들의 이름을 기억하여 부르려고 노력했다. 우주에게는 '누구누구 엄마'라고 그들을 지칭했다. 다른 한국 엄마들은 그런 미지를 뭔가 다른 이웃으로 생각했고, 미지는 다른 한국 엄마들이 자신을 뭔가 불편한 이웃으로 생각한다고 짐작했다. 한국에서 온 아이들은 누가 가르쳐주지 않아도 서로의 엄마를 이모라고 불렀다. 미지를 따라 친구의 엄마를 '누구누구 엄마'라고 부르는 우주를, 다른 한국인들은 재밌는 꼬마, 정도로 여겼다.

오늘은 가져오지 못했다는 다율 엄마의 대답에 우주가 크게 실망하는 눈치였다. 그런 아이의 모습이 안쓰럽고 당황스러워 미지가 황급히 수습을 시도했다.

"강우주… 그 과자가 되게 맛있었구나? 엄마가 다음에

사줄게. 그거 어디서 사셨어요, 아름 씨?"

이름이 아름인 다율 엄마가 큰 눈을 굴리며 기억을 더듬는데 혜리가 끼어들었다.

"그거 중앙지구 가족체험과학관에서 기념품으로 나눠주는 거야. 시설 이용하려면 남자 어른 대동이 필수라던데…"

어느새 친구와 어울린 우주의 웃음소리가 멀리서 아득했다.

"우리도 조만간 또 가볼까 하는데 다음 주말에 우주 데려가줄까? 이제 한국 가면 우주한테 아빠 필요한 일이 더 많아질 거야. 여기 있는 동안이라도 이용해야지."

한국에서 온 이들은 싱글맘을 향한 호기심을 감추지 못했다. 반면 여성의 육아노동 비율이 남성에 비해 압도적으로 높은 한국인의 육아 현장에서 미지와 우주는 평범하게 녹아들었다. 미지가 이런 통찰을 한탄과 흥미를 섞어 털어놓으면, 혜리는 매번 한국 아빠의 전통적으로 불량한 육아 태도를 성토했다. 그랬던 혜리가 짐짓 선심을 쓰듯 하며 미지가 최선을 다해 지킨 가족이 정상이 아니라고 말하는 듯했다.

미묘하지만 확실히 감도는 긴장감을 누그러뜨리기 위해

다른 엄마들이 나섰다. 베스트키드를 통해 입소대기 신청만 하면 된다는 말에 누군가 조언했다. 아이의 상황에 따라 우선순위가 부여되는데, 한 부모 가정은 1순위로 올라갈 수 있으니 빠짐없이 알아보라고. 그 목소리가 유난히 크게 들린 것은 기분 탓이라고 미지는 스스로를 다독였다.

낮잠을 핑계로 아이의 손을 잡아 끌어 집으로 향하는 미지를 혜리가 불러 세웠다.

"커피 한잔 마시면서 애들 2차로 놀게 할까?"

도착하자마자 아이들은 놀이방으로 몰려갔고 혜리는 커피를 내렸다. 미지에게만 커피를 따라주고 자신의 잔에는 오렌지주스를 채웠다. 혜리가 커피 애호가임을 익히 알고 있는 미지가 이를 의아하게 바라봤다.

"나 임신 6주래."

순간의 진심을 담아 미지가 축하 인사를 전했다. 어떤 상황에서라도 반사적이라고 할 만큼 즉각적으로 해맑게 축하해야 하는 소식이 있다. 이를테면 돌이킬 수 없는 일, 깊은 고민 끝에 돌이키지 않기로 결정한 일, 그리고 그 누구도 그 결정의 책임을 당사자에게서 결정적으로 덜어줄 수 없는 일. 새 생명이 오고 있다는 소식은 그중에서도 으뜸이라고 미지는 믿었다. 그것은 미지가 임신과 출산을 겪으면서 얻은 교훈이기도 했다. 혜리가 차가운 주스 잔에 맺힌 물기를 천천히 거둬내며 말을 이었다.

"이제 둘째까지 놀이방에 보내면 본격적으로 일자리를 구해보려던 거 너도 알지? 더 이상 도망칠 데가 없다는 생각에 조급하던 참이었거든. 근데 알게 된 뒤에 제일 처음 그런 생각이 들더라? 앞으로 3년 벌었군. 그런 생각했단 게 스스로 너무 처량해서 아무한테도 아직 안 알렸어."

회복까지 얼마나 시간이 소요될지 알 수 없도록 움츠러든 미지의 마음에도, 혜리의 고단함은 잘 보였다. 너에겐 상냥한 남편이 있지 않니, 미지는 위로랍시고 부러움을 주워 담았다. 아이와 함께 맨몸으로 모래바람 속에 선 막막함을 너는 모르지, 하나 마나 한 넋두리는 입 밖에 내지 않았다.

귀가 후 우주가 늦은 낮잠에 돌입했다. 밤잠 전선은 어찌 되는 걸까 두려웠지만 당장의 고요함과 산적한 집안일을 외면할 수 없었다. 아이를 깨우지 않기로 결정한 미지는 세탁실 문을 열었다. 건조까지 완료된 채 뒤엉킨 빨래들을 세탁기에서 풀어 꺼냈다. 건물 뒤편을 향한 세탁실 창문으로는 주거단지 후문이 잘 보였다. 둘째를 태운 유모차를 느릿느릿 밀고 나가는 혜리의 뒷모습이 미지의 눈에 들어왔다. 몇 발자국 앞서 걷는 첫째가 연신 뒤를 돌아봤다. 엄마의 관심을 끌기 위해서였다.

언제였던가 체육관에서 운동을 마친 뒤의 느지막한 출근길, 미지는 마트로 향하던 혜리와 마주쳤다. 맞벌이가 아닌 대부분의 화성 거주자들은 돈을 아끼기 위해 혹은 달리 명분을 찾을 수 없어 육아·가사로봇을 들이지 않았다. 혜리는 첫째가 놀이방에 있는 낮 시간 동안 둘째를 보면서 집안일을 처리했다. 미지의 어깨 너머 먼 곳을 응시하던, 혜리의 피로한 눈빛이 그날따라 낯설었다. 둘 사이의 거리가 조금만 더 멀었다면 못 본 척 발길을 돌렸을 것이다. 그게 상대에 대한 배려라고 여기면서. 기계적으로 인사를 나누며 미지는 혜리가 염색할 때를 놓쳤다는 생각을 했다. 혜리는 유모차에서 잠든 아이를 깨우고 싶지 않다면서 천천히 놀이터로 향했다.

그때와 비슷한 혜리의 걸음걸이가 멀리서도 잘 보였다.

"엄마! 꽃에 물 주기로 했잖아!"

어느 틈에 잠을 깬 우주가 세탁실 문을 벌컥 열고 들어왔다. 한동안 잊고 있던 들깨 화분은 아니나 다를까 눈에 띄게 파리했다. 이제라도 물을 준다면 돌아와줄까. 자신 없는데.

"강우주, 얜 아무래도 꽃 못 피울 것 같다."

"왜?"

"밥 주는 걸 자꾸 잊었더니 배가 고파서 많이 아픈가봐."

"지금이라도 미안하다고 말하고 많이 주면 어때?"

"글쎄."

"미안해, 깻잎아. 기운 내."

우주가 잎사귀와 눈높이를 맞추느라 쪼그려 앉더니, 두 손으로 조심스럽게 줄기를 다독였다.

미지 역시 아침저녁으로 새로운 잎사귀 하나마다 인사를 건네던 때가 있었다. 그 시간은 모두 어디로 갔을까. 나무만큼 커졌던 애착이 심드렁함으로 변한 것은 어디쯤이었을까. 미지는 창백해진 화분을 세탁실로 옮기고 물을 줬다. 일부러 물을 주지 않는 것이 더 적극적인 의사 표현처럼 느껴졌기 때문이다. 어느 날 아침 죽은 화분을 발견하고는 내가 하는 일이 그렇지, 투덜거리며 못 이기는 척 쓰레기장에 내놓는 정도의 이별이 좋았다. 어찌됐든 내일 아침엔 분명 물 주는 걸 잊을 테지만.

다소 신경질적으로 애착인형의 귀를 쓰다듬던 우주의 숨소리가 골라졌다. 미지는 그 옆자리에서 몸을 떼어내기

직전 우주의 얼굴을 쓰다듬었다. 아이의 잠든 얼굴을 어루
만지는 동안은 어떤 나쁜 일도 일어날 것 같지 않았다. 올
록볼록한 이마와 볼이 만들어내는 굴곡이 화성의 깊고 긴
협곡처럼 묵직하고 경이로웠다. 모든 질문의 해답을 둘이
함께 찾아낼 수 있을 듯한 담담한 용기가 솟았다. 우주를
낳고 "엄만 엄마 애기만 책임질 테니, 너는 니 애기 책임지
라"던 엄마 말대로 둘이서 각자의 아기만 돌봤던 2주, 세
상이 먹먹하게 잠겨 들던 그 무렵 생긴 버릇이었다. 미래
가 불안하고 사람이 무서울 때의 가장 확실한 응급처치,
우주의 숨소리를 들으며 잠든 얼굴 쓸어주기.

　띠링. 문자메시지 도착 알림이 울렸다. 미지는 황급히
방을 나섰지만 확인을 미뤘다.

　**둘째는 사랑이었는데 셋째는 또 얼마나 이쁠까, 그렇게 생각하기
로. 한국 간 김에 너도 우주 동생 만들어주는 건 어때?**

　전지구적으로 결혼은 물론 연애까지 기피하는 여성들
이 늘어나자 몇몇 국가들이 정자은행을 대규모로 양성화
했다. 법적으로 확실한 보호를 받게 된 싱글맘의 맹활약으
로 저출산의 파국을 급진적으로 극복한 선례에 할 말을 잃

은 대한민국 등 몇몇 보수적인 국가들은, 싱글 여성의 해외 시술을 용인하는 정도로 타협 중이었다.

우주가 동생에게 반짝 관심을 보이고, 미지 역시 형제 또는 자매에게 부쩍 눈이 가던 일 년 전이었다면 모를까. 애도 어지간히 속이 복잡한 게지. 크게 마음에 담지 않고 휴대전화를 내려놓는데, 띠링.

하긴… 아빠가 다른 애들 키우려면 니 맘은 또 얼마나 복잡하겠어. 돌아와서 동네 사람들 보기도 쉽진 않을 테고.

띠링. 계속해서 메시지가 날아들었다.

근데, 난 사실… 애가 하나뿐인 니가 너무 부러워.

주 양육자는 교착상태에 빠져 피아가 이골이 난 지 오래인 전선을 지키는 지휘관과도 같다. 아이가 잠들어 그날의 전투가 끝나면 하루치 감정의 찌꺼기들이 고요해진 참호를 훑는다. 신변의 변화를 나누고 모범답안에 근접한 인사를 주고받았다고, 며칠 동안 요동쳤던 마음 풍경이 갑자기 정리될 리 없다. 모든 걸 다 알고 있음에도, 미지는 등 떠

밀려 막다른 골목에 다다른 기분이었다. 동갑내기 친구의 마음이 자기도 모른 채 많이 아팠던 게지 납득할 수는 있었다. 그 과정과 결과를 그저 지켜보는 것 말고 할 수 있는 게 없다는 사실은 견딜 수 없었다.

　이주 및 연수와 관련한 업무 처리를 위해서 월요일 출근 전에 입소대기 등록을 마쳐야 했다. 이틀 연속 주말 출근은 정해진 수순이었다. 떠올리고 싶지 않은 기억이 반복 재생되는 것보다는 불가해한 시스템과 씨름하는 쪽이 나았다.

　물론 제아무리 슈퍼컴퓨터라도 한국의 기묘한 인터넷 환경을 단번에 극복할 수 없었다. 특수가정, 그중에서도 한부모 가정을 위한 양식에 모든 정보를 기입했지만 시스템은 다음 페이지로 넘어가기를 고집스럽게 거부했다. 단순히 거부하는 것뿐 아니라 매번 모든 정보를 새로 일일이 다 기입해야 하는 초기 상태로 돌아갔다. 어제보다 통신 소요시간이 줄어들어, 클릭 한 번에 9분 52초. 9분 52초씩 몇 번이 지났는지 탕비실에서 준비해 온 커피는 식은 지 오래였다. 에러의 종류는 물론이고 이것이 시스템 에러인지 통신 장애인지도 알 수 없었다.

"하! 너 진짜 어쩜 이럴 수 있냐?"

미지가 벌떡 일어서는 바람에 바퀴의자가 저만치 굴러 가다 사무실에 들어서던 홍보부장에게 부딪혔다.

"나라고 좋아서 휴일에 출근하겠니? 호젓한 주말근무 방해해서 미안하다."

의자를 미지 자리로 밀어주며 부장이 말했다.

"아, 죄송해요. 한국 공공시스템에 뭔가를 등록하려고 나와 있던 참인데 계속 에러가 나네요."

"맞다, 한국에 연수 해당자로 선발됐지? 축하해! 지원 엄청 빡빡하던데. 게다가 자긴 화성 토박이잖아? 모험 앞 두고 딸이랑 둘이 무척 설레겠네."

미지 팀과 엮이는 일이 많은 홍보부장은 화성에 취업이 주한 한국인이었다. 부부가 공히 각자의 분야에서 대등한 일인자여야만 이주선 탑승이 가능했던 화성 1세대의 성평 등 지수는 인류 역사상 유례를 찾아볼 수 없을 정도로 높 았다. 한 세대를 넘기면서 정착지구들이 점차 자리 잡고 시스템의 효율성도 보장됐다. 그와 함께 지구에서 인력을 공급받아야 할 새로운 일자리들이 빠른 속도로 기혼 남성 에게 편중되기 시작했다. 드물게 빼어난 실력을 갖춘 전문 직 싱글 여성에게 기회가 주어지기도 했는데, 홍보부장이 바로 그런 케이스였다. 결혼과 출산과 육아 중 어느 경험도 공유하지 않았지만 두 사람은 묘한 유대감을 느꼈다.

홍보부장이 밖에서 공수한 커피를 건넸다.

"탕비실 탕약 커피 말고 이게 필요하겠네. 내가 한국 떠날 때 뭐가 제일 행복했는지 알아? 더 이상 한국 공공 및 금융 시스템 상대하지 않아도 된다는 점. 한국 인터넷으로 본인인증하거나 보안이 필요한 업무를 보려고 하는데 막히잖아? 한 가지 충고하자면,"

의미심장한 휴지를 두며 홍보부장이 말을 이었다.

"포기해."

더없이 진지했다.

"중요하니까 두 번 말할게. 포기해. 합리적이고 합법적인 방법으로 해결할 수 없어. 서비스 제공자가 아니라 소비자가 모든 불편과 책임을 감수해야 하는 건 한국 인터넷의 굳건한 전통이야. 그냥 도착해서 직접 부딪히는 수밖에 없어."

미지의 절망은 태양계를 훌쩍 뛰어넘을 기세였다.

"근데, 이웃에 한국 이주 가구 많지 않아? 이런 얘기 해준 사람이 없어?"

"저 왕따인가 봐요."

미지의 책상 위에서 탕약 커피를 가져가 한 모금 들이킨 홍보부장이 얼굴을 찌푸리며 대답했다.

"섭섭해하지 마. 자기 힘든 거야 세상이 알지. 근데 그이들 힘든 건 따지고보면 알아주는 사람도 없어."

"알죠. 다들 여기 오기 전 얼마나 화려한 경력으로 잘나갔는지 알고 나면 입이 떡 벌어지죠. 근데, 막말로 화성까지 올 결정을 남자가 일방적으로 내릴 순 없잖아요. 그렇게 올 땐 자기들도 각오를 했을 텐데…."

"울면서 웃어본 적 없는 사람처럼 그런다. 나 닮은 자식 키우는 재미야 자기가 더 잘 알겠지만, 그렇다고 저녁 밥상 자리에서 남편은 사내 정치 이야기하는데 오늘 가습기 물때가 완벽 제거돼서 속이 다 시원했다, 이런 얘기하다보면 기운이 확 빠지지. 자기네 부모님은 안 그랬겠지만, 지구에선 몇 백 년 동안 여자들이 내내 뿌리 뽑혀 이리저리 옮겨 다니면서 살았어. 남자들이 선발대로 깃발 꽂으면 여자들이 살림이랑 애들이랑 주렁주렁 매달고 뒤따르면서. 우리 아버진 이 학교 저 학교 옮겨 다니며 연봉과 랭크 올리는 데 천부적인 재능이 있던 교수였는데, 우리 엄만 평생 불행했어. 아무것도 버리지 않고도, 아니 더 많은 것을 기약하기 위해 지구에 홀쩍 다녀올 수 있는 자기는 진짜

행운아야."

홍보부장이 건넨 커피를 한 모금 마신 미지가 말했다.

"고마워요. 커피, 맛있네요."

• • •

"화성아! 잘 있어, 금방 올게에!"

우주가 여린 깻잎 같은 손을 팔락이며 멀어지는 화성을 향해 외쳤다. 묵직한 얼음을 뒤집어쓴 극지방과 가벼운 적토에 뒤덮인 광활한 분화구를 모래바람이 훑으며 지나고 있을 것이다. 지구의 3분의 1에 불과한 부드러운 중력이 지상의 모든 것을 공평하게 보듬고 있을 터였다. 자신과 딸의 고향별을 허공에서 바라보며 미지는 엄마의 말을 떠올렸다.

"푸른 점으로 지구가 멀어지는 순간 다들 할 말을 잃었어. 옆 사람이 침 삼키는 소리까지 들렸으니까. 지난 삶이 전부 거짓말처럼 느껴지는 거야. 가끔 생각해. 혹시 그 이주선이 통째로 폭발했고 우린 모두 함께 이승에 온 건 아닐까."

그 말을 들을 때마다 미지는 와락 무서웠다. 엄마 눈에 스치던 장난기가 아니었다면 느닷없는 공포를 견딜 수 없었을 것이다. 낯설고 낯익은 인류의 고향으로 향하는 것이 미지는 되레 두려웠다. 지구를 떠난 이들이 느꼈던 것이 광장공포라면, 미지의 그것은 폐소공포에 가까웠다. 물론 우주는 달랐다. 무중력 상태를 비롯해서 행성 간 왕복선 내부의 모든 것, 그리고 지구에서 겪게 될 모험 전부를 향해 온 마음으로 들떴다. 미지는 그런 우주를 당겨 안았다. 품 안에서 팔딱거리는 작은 심장 하나에 집중했다. 근거 없는 기대와 불안에 지지 않기 위해.

화성을 떠나기 전 마지막 2주 동안 미지는 미열 혹은 입덧이 계속되는 듯 매일같이 나른했다. 놀이터에서 동네에서 마트에서 혜리가 보이면 발길을 돌렸고, 방향을 틀기 너무 늦었을 땐 고개를 돌렸다. 또한 우주의 어린이집/유치원 문제를 지구 도착 전에 해결할 방법이 존재하지 않는다는 최종 결론을 내렸다. 이사 등 현실적인 문제에 매달리는 동안 억울함과 당혹감이 침전물로 내려앉았다.

왕복선 출발일 전날 밤. 들깨 화분을 내려다보며 미지는 생각에 잠겼다. 세탁실로 옮겨 놓고도 어쩌다 한 번씩 물을 주었기에 가사 상태를 벗어나지 못한 깻잎. 인류가 등장하기 이전부터 스스로 여행하는 법을 알고 있었던 지구 식물의 일원. 대기권 아래에서 태어난 인류가 몇 백만 년 만에 대기권 위로 스스로를 쏘아올린 우주여행 초창기부터, 배아 상태로 혹은 뿌리째 멀고 가까운 우주를 누볐던 존재. 시들시들 마르거나 뿌리내리기를 거부하는 것으로 의사를 표시할 때를 제외하면, 언제나 주어진 땅을 움켜쥐는 생명. 끝내 푸른 기운을 유지한 들깨였다. 버려둘 순 없겠네. 작별인사에도 적당한 핑계가 되어줄지도. 미지는 화분을 안고 혜리의 집 초인종을 눌렀다.

다음 날이면 평균 20억 킬로미터 떨어진 곳으로 쏘아올려질 미지는 입덧 때문에 핼쑥해진 혜리에게 화분을 전했다. 평균 20억 킬로미터 떨어진 곳에서 뿌리 거둬 날아온 혜리는, 역시 평균 20억 킬로미터를 비행한 뒤 뿌리내린 들깨를 받아들었다.

그날 밤, 지구 연수를 앞둔 레드플래닛 강미지 팀장은 프로듀서 경력 10년의 기획자 이혜리 씨에게 3년 뒤 결성될 프로덕션 팀의 청사진을 제시했다. 두 사람이 심은 것은 폐허 위에 다시 만들어 갈 3년 뒤의 날들이었다.

화성에서 지구로 향하는 왕복선 안, 삼천 명에 가까운 승객 대부분은 역이주자였다. 그중 70퍼센트는 좋은 조건으로 지구에 스카우트된 남성 가장이 배우자 및 자식을 이끄는 가족이었다. 20퍼센트는 먼저 자리 잡고 기다리는 남편과 합류하기 위해 아이들을 데리고 떠나는 여성과 자녀들이었으며, 나머지 10퍼센트만이 동반자가 없었는데 당연히도 대다수 남성이었다.

6개월 예정 여정도 막바지였다. 화성의 세 배에 달하는 중력은 지구 적응 훈련에서 가장 큰 비중을 차지했다. 성인을 비롯한 청소년은 체력 단련실에서 정해진 프로그램에 따라 비행 내내 매일같이 훈련해야 했다. 어린이와 영유아를 위해서는 선내 보육시설에 놀이를 겸한 중력 적응 프로그램이 마련돼 있었다. 승객들은 엄격한 적응 훈련, 운신의 폭이 좁은 공동체 생활, 그리고 생체 시계를 교란하는 밤낮 없는 시간에 지쳐 갔다. 시시각각 변화무쌍한 아이들과 함께하며 때를 가리지 않는 육아로 단련된 주 양육자 그룹만이 컨디션을 유지했다.

미지는 우주를 선내 보육시설에 맡기고 통신실에 들어섰다. 비행 기간 내내, 시스템을 통하지 않아도 되는 어린이집에 지속적으로 연락하여 빈자리가 있는지 확인 중이었다. SBN 쪽에서 지시한 업무도 처리해야 했기에 미지는 그간 하루 반일 정도는 통신실을 사무실처럼 활용해 왔다.

"성과가 있었어요?"

우주보다 네 살 많은 딸, 두 살 많은 아들과 함께 선발대로 지구에 도착한 남편을 따라가는 중인 수진이었다. 한국에서 미지와 같은 아파트에 살게 될 예정이라는 것을 알게 된 후 부쩍 친해졌다. 걸어서 통학이 가능한 거리의 어린이집에 빈자리가 생겼다는 소식을 알려준 것도 수진이었다.

"일단은 대기자에 올렸어요 도착할 때까지 자리가 나야 하고 온갖 서류작업이 남았지만 옵션 하나가 더 생겼으니 다행이죠."

"잘됐네요! 우리 살게 될 곳이 평균 연령이 다소 높아지는 중이라고 들었어요. 영유아 및 취학아동 수가 별로 많지 않아서 우리 애들도 괜찮은 학교에 등록시키는 게 꽤 수월했나 보더라고요. 도착하자마자 애 맡길 데 없어서 출근 못 하기야 하겠어요, 설마. 한두 주 비면 우리집에 맡기면 되지."

"미안해서 어떻게 그래요."

"진짜야, 편하게 생각해요. 동네 육아 공동체가 얼마나 중요한데."

말뿐이 아니라는 것이 분명했다. 말뿐이라도 마음에 묵직한 닻을 내리듯 든든해지는 동종업계 동료의 당부가 아닐 수 없었다. 미지는 잠시 말문이 막혔다. 우주가 태어나기 전까지 미지는 자신이 운이 좋다고 생각한 적이 없었다. 그런데 우주와 함께 육아라는 새로운 업종에 발을 들이자마자 모든 것이 달라졌다. 가는 곳마다 인연이 나타났다. 화성에 최적화된 분유 제조술을 들먹이며 깔끔하고 신속한 모유 수유 포기를 종용한 담당 간호사가 시작이었다. 따지고 보면 혜리도, 홍보부장도 귀인이었다. 평생 공기처럼 당연하게 여겼던 사람—이를테면 엄마—도 아이를 키우는 입장이 되어 보니 비할 수 없이 귀했다. 우주 같은 딸을 만난 것조차 많은 순간 마법 같았다.

그 순간 미지의 스마트워치가 반짝거렸다. 중력 훈련 놀이터에서 보낸 알람이었다. 육아로봇이 상시 근무 중이었기에 안전상의 문제일 리 없었지만 아이와 관련한 알람 앞에선 매번 정신이 아득해졌다.

놀이터 문을 열자마자 맞은편의 아이에게 집어 던지려고 블록 조각을 들어 올린 우주가 보였다. 얼굴은 이미 눈물 콧물 범벅이었다.

"강우주!"

엄마의 목소리를 듣고 놀란 우주가 그대로 블록을 던졌다. 다행히 빗맞았고 그다지 큰 조각은 아니었지만 막바지

중력 적응을 위해 증강된 무게의 블록이었다. 상대편 아이가 이내 울음보를 터뜨리고 순식간에 몸싸움으로 번질 찰나, 옆에 있던 아이 엄마가 황급히 둘을 떼어 놨다. 미지가 우주의 어깨를 급히 붙들었다. 상대편 모자에게 안부를 물을 겨를도 없었다.

"강우주. 엄마 봐. 일단 뚝. 안 그러면 엄마가 무슨 말인지 알아들을 수가 없어."

미지와 우주를 향해 놀이터의 모든 관심이 쏠렸다. 함께 놀이 훈련 중이던 몇몇 엄마들이 자신의 아이를 당겨 챙기는 눈치였다. 미지는 억지로라도 아이를 안고 밖에 나가고 싶었다. 그러나 더 큰 발작만을 부르리란 것 역시 잘 알았다. 아이와 눈을 마주하는 게 우선이었다. 하고 싶은 말을 하기 위해 아이가 울음을 억누르기 시작했다는 것을 감지한 미지는 드디어 다음 단계—사건이 벌어진 자리를 피해 둘 만의 공간 찾기에 돌입했다.

놀이터의 인간은 모두 여성 주 양육자. 양 팔과 다리를 모두 써서 완강하게 들러붙는 아이를 매달고 복도로 나서는 미지를 바라보는 인간은 아무도 없었다. 모두 자신의 아이와 그 주변 아이들의 관심을 다른 곳으로 돌리며 놀이에 열중하고 있었다. 미지 모녀에게 사적 공간을 내주기 위한 그들의 필사적인 노력이었다. 같은 상황에 몇 십, 몇 백 번은 처해봤던 이들만이 할 수 있는 배려의 방법이었다. 달음질치던 미지의 마음이 빠른 속도로 평정심을 되찾았다.

미지는 우주와 함께 복도에 설치된 놀이터 CCTV 재생기를 통해 직전 상황을 확인했다. 별일 없이 블록 놀이에 열중한 두 아이가 함께 집을 짓고 있을 뿐이었다. 완전히 울음을 그치지 못하여 가쁜 숨을 몰아쉬며 우주가 덧붙였다.

"우주가 엄마랑 우주 집을 만들었는데에, 자꾸만 쟤가 거기에 아빠가 있어야 한다는 거야. 필요 없다는데 자꾸만 아빠를 집 안에 놓으려고 하잖아아…."

일그러진 입을 앙다물기 위해 아이가 안간힘을 쓰고 있었다. 미지는 우주의 얼굴을 품에 안고 연신 등을 쓸어내렸다. 천천히 그러나 확실히 흥분이 가라앉고 있었다.

"속상했구나, 우리 우주가. 아빠가 꼭 필요한 게 아니라는 걸 그 친구가 알았으면 좋았을 텐데, 그치? 다음에 또 그러면 우주가 직접 말해줘. 그래도 돼."

우주가 고개를 저었다.

"이제 우주, 걔 친구 아니야."

미지는 아이의 뺨에 남아 있는 눈물을 닦았다.

"그래, 이제 개랑 친구 안 해도 돼. 근데 아무리 속상해도 물건 집어 던지면 안 돼. 미안하단 말은 해야 해."

우주가 골똘히 생각에 잠길 때마다 미지는 그 눈에서 우주를 봤다. 가늠할 수 없는 먼 우주에서 끌어올린 대답을 우주가 전했다.

"네."

미지는 아이의 축축한 볼에 입술을 댄 채 복도 창문 쪽으로 다가갔다. 며칠 전부터 지구가 다른 천체들 사이에서 육안으로 제법 식별이 가능했다. 우주도 단번에 지구를 발견할 수 있을 정도였다. 우주의 귀에 미지가 속삭였다.

"그거 알아? 화성에서 심었던 거랑 똑같은 꽃씨 가져왔어. 한국에 도착하면 제일 먼저 그거 심을 거야. 어때, 멋지지?"

아이의 눈동자에 스위치가 켜진 듯 순식간에 얼굴이 환해졌다. 미지의 우주 한 구석도 딱 그만큼 밝아진 기분이었다.

한밤중에 깨어나 생후 이틀 된 우주를 품에 안고 수유할 때, 미지는 느닷없이 세상의 끝에서 밀려난 듯 먹먹하고 낯설었다. 책임만 요구할 뿐 어떤 보상도 주지 못할 듯 연약한 존재가 버겁기만 했다.

그로부터 4년. 까마득한 망망대해를 거스르는 길 위에서 다시 한 번 둘뿐이었다. 막막함이 아닌 고즈넉한 긴장감이 함께였다. 몰라도 충분한 기쁨이었는데, 알게 된 이후에는 세상없이 귀한 용기가 된 것이다.

미지의 일상에 뿌리내린 우주가 이만큼 자라 흩뿌린 홀씨들이 새로운 땅에서 눈부신 발아를 준비 중이었다.

후기

이야기가 시작된 좌표를 하나만 꼽는 것은 언제나 불가능하다. 「미지의 우주」의 경우 다섯 손가락으로 꼽을 수 있는데 그중 가장 빛나는 좌표가 레이 브래드버리의 「황야」다. 「황야」는 앞서간 남편과 합류하기 위해 화성행 로켓에 몸을 싣기 직전 주인공의 마지막 며칠이 담긴 단편이다. 가늠할 수 없이 긴 여정을 앞둔 여자들의 긴장과 설렘이 넘치는 낭만으로 묘사된다. "예전과 마찬가지로" "남자가 먼저 가고 여자가 따라가는" 개척의 흐름을 두고 여성 화자는 이렇게 말하며 끝을 맺는다. "그랬겠지. 정말 비슷했을 거야. 항상 그래 왔고, 앞으로도 영원히 그런 모습이겠지."

그러니까 「미지의 우주」는 이 문장까지 읽고 느낀 먹먹한 분노에서 출발했다. 대륙의 반대편은 물론 우주를 건너서까지 새로운 땅을 향해 기꺼이 길을 떠나는 여자들의 사정을, 소소하다고 치부됐던 그들의 진짜 문제를, 그들을 참된 주인공으로 내세워 써보고 싶어졌던 것이다. 「황야」는 어쩌면 개척시대부터 혹은 그 이전부터 남자들을 따라 나서야 했던 여자들의 처지에 대한 비가(悲歌)인지도 모른다. 그러나 작가의 의도가 무엇인지를 여기서 따질 필요는 없으리라.

아주 오랜 세월이 흘러도, 아주 멀리까지 가보아도 여전한 듯한 것들도 실은 스스로 이야기를 만들어 가는 평범한 우리들에

의해 조금씩 그러나 확실히 변하고 있다고 믿는다. 아, 그처럼
변화의 대상이 되기를 온 마음으로 기원하는 목록에 공인인증서
또한 당당히 자리하고 있다는 것을 굳이 밝힌다.

함께 읽으면 좋은
여성주의 SF 추천작

이수현 작가, 번역가

최초의 SF로도 꼽히는 『프랑켄슈타인』의 작가가 메리 셸리라는 여성이었음에도 불구하고, SF는 꽤 오랜 기간 동안 남성의 장르로 여겨졌다. 그러나 1960년대 말에서 1970년대를 분기점으로, 현 시점에서 SF는 유난히 페미니즘 친화적인 장르이기도 하다. SF의 가장 큰 장점이 다른 세계를 상상하고, 익숙한 사고틀에서 벗어나 생각의 지평을 넓힐 수 있다는 점이라면, 여성주의가 SF와 만났을 때 그 장점을 최대치까지 끌어올릴 수 있음은 지금까지 쌓인 뛰어난 작품들이 증명한다.

좁게는 작가가 명확한 여성주의적 주제 의식을 가지고 쓴 SF만을 페미니즘 SF라고 정의하기도 하지만, 이 글에서는 관심을 가진 사람이 넓은 범위에서 읽어볼 만한 작품들을 함께 이야기하려 한다. 또한 이미 어느 정도 목록화된 국외의 추천작들만이 아니라 국내 작품들을 아우르며, 가능하면 독자가 한국어로 구해볼 수 있는 작품에 집중하겠다.

또한 이 글은 이 작품집을 읽고, 다른 좋은 작품들을 찾아보면서 독서 경험을 더 풍요롭게 만드는 데 도움이 되고자 하는 글일 뿐, 계보를 만드는 작업은 아니다. 몇 가지 주제로 나누어 추천작을 묶어보되, 관련한 모든 작품을 거론하지도 않을 것이다.

여기와 다른 세상

앞서 말했듯, SF의 큰 장점은 익숙한 사고틀을 전복하고 생각의 지평을 넓힐 수 있다는 데 있다. 현실에서 우리가 얼마나 기존의 제도와 사고방식에 익숙해져 있었는지를 깨닫게 해주고, 그럼으로써 기존의 제도나 사고가 어떤 틀에 갇혀 있는지를 보게 해주는 것은 뛰어난 SF만이 줄 수 있는 묘미다.

페미니즘이 근본적으로 가부장제를 벗어난 다른 사회를 꿈꾸는 만큼, 여자들만 사는 세상은 아주 오래 전부터 다뤄진 소재다. 신화에 나오는 여성들만의 나라까지 거슬러 올라갈 수도 있겠으나, 여성 작가가 이상적인 여성 공동체를 다룬 작품은 17세기경부터 존재한다. 이 분야에 속하는 작품으로는 20세기 초 유럽 작품인 샬럿 퍼킨스 길먼의 『허랜드』, 19세기 인도 작가 베검 로케야 사카와트 호사인의 『술타나의 꿈』 등이 국내에도 출간되어 있다. 거론한 작품들보다 늦게 세상에 나온 제임스 팁트리 주니어의 중편 「휴스턴, 휴스턴 들리는가」, 조애너 러스의 「그들이 돌아온다 해도」도 여성들만 남은 세계를 다루며, 여성 유토피아와 함께 그로 인해 더 잘 보이는 현대 남성의 몰이해에 초점을 맞췄다.

그 외에 문윤성의 『완전사회』, 브라이언 K. 본의 『와이더 라스트맨』, 닐 스티븐슨의 『세븐 이브스』도 여성만 남은 미래를 그리는데, 여성 작가들의 작품과 비교해서 읽어보는 재미도 있을 것이다. 특히 『완전사회』는 1960년대 한국에서 이미 이런 작품이 나왔었다는 감흥이 새롭다.

성별 반전으로 현실 세계를 뒤집어 보이는 거울상으로 유명한 『이갈리아의 딸들』은 여성 유토피아라기보다는 직설적인 현실 풍자 소설이다. 국내 만화가 이미라도 남성을 노예로 부리는 극단적인 여성 지배 사회를 배경으로 설정한 『남성 해방 대작전』을 시도한 바 있다. 질병으로 남성

인구가 격감하면서 전통적인 성역할이 바뀌지만, 그렇다고 바깥일을 하게 된 여성이 더 좋다거나, 귀한 대접을 받는 남성이 더 행복하다고 할 수는 없는 현실감 있는 대체 역사를 그린 요시나가 후미의 『오오쿠』도 같이 보기 좋은 작품이다.

성별의 사회학

인간의 성별이 두 개뿐이라는 지금 시대의 고정관념을 깨는 작품도 다수 있다. 어슐러 K. 르 귄의 『어둠의 왼손』이 대표적이다. 이 작품은 '성별이 나뉘지 않는다면서도 대명사를 남성형으로 썼다'는 지적을 받기도 하고, 작가 본인도 그 점에서 한계가 있었음을 인정하고 받아들였으나, 이후 SF계에서 가능한 젠더 사고실험의 폭을 대폭 넓혀준 걸작이다. 국내 출간은 되지 않았지만 그위니스 존스는 젠더가 없는 세계를, 멜리샤 스콧은 젠더가 여럿인 외계 종족을 다루기도 했다. 국내에서는 박애진의 단편 「완전한 결합」이 아이를 만들기 위해서는 세 가지 성별이 같이 관계해야 하는 세상을 다루기도 했다. 이종산의 『커스터머』에는 중성인이 있고, 이 책에 실린 「나를 들여보내지 않고 문을 닫으시니라」는 양성이라는 관념 자체가 무엇을 배제하는지를 다룬다.

그런 의미에서 성별이란 생물학만이 아니라 사회학이기도 하다. 2015년에 시작한 앤 레키의 '라드츠 제국' 시리즈는 인칭대명사가 'She'밖에 없는 우주를 내놓아 독자들을 어리둥절하게 만들고, 서서히 독자의 고정관념을 스스로 깨닫게 만든다. 비교해서 같이 읽어보라고 권하고 싶은 국내 작가의 소설로는 김보영의 「얼마나 닮았는가」가 있다. 여기에 거론하는 것 자체가 스포일러가 될 위험이 있지만, 타이탄으로 향하는 구조선의 AI가 서술자인 이 소설의 제목이 무슨 의미인지 깨닫는 순간 그야말로 SF의 쾌감을 느낄 수 있을 것이다.

생물학적으로 아예 다른 세계가 아니라, 기술의 발전으로 변화하는 세계도 상상 가능하다. 이산화의 사이버펑크 『오류가 발생했습니다』는 전신 의체로 몸을 바꿀 수 있고 재생산을 자연적으로 하지 않으므로 성별이 큰 의미가 없을 세계에서 인간과 기계의 관계와 사랑을 재미있게 그린다.

일부일처제와 가부장제를 벗어난 사회에 대해 상상해보는 시도는 페미니즘 SF가 아니더라도 장르 전반에서 상당히 찾아볼 수 있다. 예를 들어 (소설의 핵심 아이디어는 아니지만) 새뮤얼 딜레이니의 『바벨-17』에는 2인이 아닌 3

인 관계가 나오고, 로버트 하인라인의 여러 소설이나 제임스 S. A. 코리의 '익스팬스' 시리즈에는 다부다처 공동양육이 자연스럽게 등장하며, 찰스 스트로스의 『유리감옥』에는 신체 자체를 바꿀 수 있어 변화한 미래상이 나온다.

여성의 생물학, 생명공학과 여성

젠더 문제를 다루는 작품이 늘어나던 시기를 거치고도 꽤 오랫동안 SF는 여성의 몸과 섹스를 직접 다루지 않는 편이었다. (물론 아예 외계에 노예로 잡혀간 주인공 여성이 현대 여성다운 면모를 활용하여 지배 남성을 정복하는 (?) B급 에로 작품 같은 것들이 있기는 하지만.)

여성의 생리 현상을 정면으로 다룬 코니 윌리스의 「여왕마저도」, 남성 임신이라는 소재로 몇 겹의 주제를 풀어내는 옥타비아 버틀러의 「블러드 차일드」는 강력하게 추천하는 작품이다. 정보라의 「몸하다」와 「머리」를 같이 읽어보면 좋겠다. 여성의 몸과 배설에 대해 흔치 않은 시선을 보여주는 작품이며, 확실히 지금 여기 한국이라는 근접성을 느끼게 한다. 임신 중에서도 수유에 초점을 맞춘 작품으로는 히로미 고토의 「가슴 이야기」가 있다.

마거릿 애트우드의 유명한 작품 『시녀 이야기』는 가임

여성이 극도로 적은 시대, 이들의 몸을 자원으로 통제하는 사회를 그린다. 여성이 여성의 몸을 이야기하는 이야기라기보다는 임신과 출산을 국가 자원으로 관리하고자 하는 현실과 가깝게 맞물려 있다. 번역은 되지 않았지만 2017년 '일본SF대상'을 받은 만화 『Wombs』도 여성의 몸을 자원화하는 세상을 그리고 있어, 비교해서 볼 만하다.

반대로, 기술이 발달한다면 출산은 왜 몸 밖으로 꺼내지 못할까? 로이스 맥마스터 부졸드는 '마일즈 보르코시건' 시리즈에서 인공자궁이 보편화된 사회와 인공자궁 개념을 처음 접하는 군국주의 가부장 사회의 충돌을 그린 적이 있다. 시험관 아기가 점차 자연스러워지는 과정이 그랬듯, 인공자궁이나 몸의 불편을 덜어주는 각종 시술도 초기의 저항감을 넘어서면 얼마든지 보편화할 수 있다는 것이 작가의 기조다.

이 주제로 더 뻗어나가면 생명공학으로, 또는 공학기술로 생물학을 바꾸거나 보완할 수 있는 근미래를 상상해볼 수도 있다. 단편집 『허공에서 춤추다』가 출간되어 있는 작가 낸시 크레스는 유전공학으로 인한 변화를 소재로 다루는 데 있어서도, 모녀나 자매나 다른 여성들 간의 관계를 다루는 데 있어서도 손꼽을 만한 작가다. 과학과 기술이 여성을, 혹은 한계에 부딪친 소수자를 어떤 식으로 보완할수 있는가를 더 보고 싶다면 정소연의 「우주류」를 함께 읽어보는 것도 좋겠다. 이 책에 수록된 「나비의 경계」 역시장애여성이 신기술을 통해 성감을 추구하는 과정에서 가능해진 인정과 해방, 그리고 연대를 다룬다는 점에서 테크노 페미니즘으로 읽어볼 수 있겠다.

여성에 대한 폭력

여성에 대한 폭력과 학대를 고발하는 작품들은 대부분명확한 자의식을 가진 페미니즘 SF들로, 날카로운 문제의식과 아주 멀리까지 가기를 두려워하지 않는 대범함 면에서 아직까지도 새로 접하는 독자들에게 충격을 준다. 앞서거론한 SF적인 충격과는 또 다른, 호러로 분류할 만한 충격이다. 대표적으로 제임스 팁트리 주니어의 「체체파리의비법」을 꼽을 수 있겠다. 같은 작가의 「서쪽으로 가는 배달 여행」, 팻 머피의 「채소 마누라」, 코니 윌리스의 「섹스또는 배설」과 「사랑하는 내 딸들이여」도 지금 여기에서 벌어지는 폭력을 독자의 눈앞에 칼날처럼 들이댄다. 여기에복수를 다루는 작품들을 같이 읽으면 답답한 마음이 조금은 풀릴까? 구병모의 「하르피아이와 축제의 밤」을 좋은 예로 꼽아본다. 물론 복수란 때로 폭력을 비추는 거울이니, 읽고 나서 마음이 편하리란 보장은 없다.

폭력을 사회구조적 문제로 풀어내는 데 탁월하며 그 안의 복잡한 적응과 투쟁, 그리고 한계까지 절묘하게 그려, 읽고 나면 오랫동안 많은 생각을 하게 하는 옥타비아 버틀러의 『킨』은 물론이고, 같은 작가의 『야생종』을 비롯한 다른 장편들도 꼭 읽을 만한 작품이다.

이 문제를 다루는 작가들은 여성들만의 세상과는 반대로 여성이 사라진 세상, 또는 사라지기 직전의 세상을 가정하여 현실을 극대화하기도 한다. 김지현의 「로드킬」도 그런 가정에서 출발하는데, 물리적 폭력을 암시만 하면서 통제와 보호라는 형태의 또 다른 폭력에 더 주목하는 시선과, 때로는 페미니즘 내부에서도 배척받는 연약한 여성상이 더 강한 사람이 될 수도 있다는 전복이 아름다운 작품이다. 파멜라 사전트의 「공포」와 함께 읽어도 좋겠다.

한편 이 책에 수록된 「네 번째 너」는 현실의 폭력과 복수를 모두 다루면서도 여기에 거론한 작품들과 사뭇 다르다. 이 소설은 어떤 면에서 연애 소설이고, 실패한 연애의 그림자들에 대한 애도처럼 읽히기도 하지만, 헤어진 연인의 복제체들이 뻗어나가는 방향은 여성에 대한 폭력을 또 다른 각도에서 비춰준다.

생태주의와 여성

「체체파리의 비법」은 페미사이드를 다룬 대표작으로 주로 거론되지만, 생태주의적인 이야기이기도 하다. 생태주의와 여성주의의 역사 또한 오래된바, 양쪽을 함께 다루는 좋은 작품들이 지속적으로 나오고 있다.

르 귄의 「세상을 가리키는 말은 숲」은 숲이 가득한 세계를 식민지로 삼은 지구인들이 자연친화적인 원주민들을 착취하면서 벌어지는 갈등과 투쟁을 그린다. 제임스 팁트리 주니어의 단편 「별의 눈물」이나 C. J. 체리의 『다운빌로 스테이션』에 나오는 착취당하는 외계인의 모습이 그러하듯 "고귀한 야만인" 개념에서 벗어나지 못한 게 아니냐는 비판의 여지는 있지만, 각 작품은 모두 다른 각도에서 문명과 자연을 생각하게 한다.

같이 읽을 국내 작품으로는 정보라의 「씨앗」과 은림의 「노래하는 숲」을 꼽고 싶다. 양쪽 다 작품 세계에서 일관되게 여성을 주로 이야기하는 작가인데, 은림의 경우는 여러 작품에서 식물과 여성을 반복적으로 다룬다. 정세랑의 『지구에서 한아뿐』, 배미주의 『싱커』도 생태라는 주제로 묶어볼 만하다. 일본 작품으로는 애니메이션으로 더 유명한 〈바람 계곡의 나우시카〉를 함께 보면 좋겠다. 앞서 꼽은 작품들과 다른 어두운 기조로 생태환경의 멸망을 이야기하는 박문영의 『사마귀의 나라』도 함께 읽는다면 독서 경험을 더 풍성하게 만들 수 있을 것이다.

모험을 떠나는 여성

모험을 떠나는 여성 역시 페미니즘 SF의 큰 주제다. 오랜 문학 역사에서 여성 서사는 언제나 존재했으나, 전통적인 민담에서도 '집을 떠나는' 모험의 주인공은 남성이 더 많았다. 현대에도 많은 여성 서사는 집과 가족에 매인 여성을 그린다. 그것이 가치가 없다고는 절대 말할 수 없으나, 많은 판타지와 SF, 무협 서사에서 모험을 떠나는 여성들을 더 보고 싶어 하는 독자들이 있으며 그에 응하는 작품도 늘고 있다.

그런 의미에서 여성과 스페이스 오페라에 대해서도 짚어 두고 싶다.

일찍이 스페이스 오페라의 여왕으로 불리며 모험 SF만이 아니라 영화 각본가로도 활약, 사망 직전에는 스타워즈 〈제국의 역습〉 각본에 참여하기도 했던(최종본은 아니다) 리

브래킷의 예가 보여주듯이 꽤 일찍부터 스페이스 오페라를 쓰는 여성 작가들은 있었지만, 초기에는 대부분 여성을 주인공으로 쓰지는 않았다. 이 점은 데뷔 초반에 스페이스 오페라를 주로 다룬 제임스 팁트리 주니어조차도 예외가 아니며, 비교적 후기에 가서야 「마지막으로 할 만한 멋진 일」 같은 작품을 내놓는다.

상황은 계속 바뀌어, 이제 SF계에서는 여성 작가가 쓰는 여성 주인공 모험물이 큰 비중을 차지한다. 스페이스 오페라를 가장 많이 출간하는 미국에서는 다수의 여성 작가들이 주목할 만한 소설을 내놓고 있다. 1970년대처럼 충격적인 페미니스트 작가가 나타나거나 기존의 사고틀을 부수는 작품이 나온다고는 할 수 없지만, 최근에 나오는 작품들 다수가 페미니즘 친화적이다. 이제는 좀 더 다양한 소수자 작가군이 늘고 있기도 하다. 그런 예로 최근 몇 년간 휴고상, 네뷸러상에 오르내린 이윤하, N. K. 제미신, 네디 오코라포 등의 작가들이 쓴 스페이스 오페라가 계속 번역 출간될 거라는 소식이 반갑다.

강인한 여성-전사도 이 분야의 주된 테마다. 1980년대는 터미네이터와 에일리언으로 SF 영화계에 잊을 수 없는 강인한 여성 히어로를 여럿 남겼다. 이런 타입의 여성-전사 캐릭터는 이후 약점 없이 너무 완벽하게 그려질 때가 많다는 점이 아쉬운 부분으로 거론되지만, 그 명맥 자체가 끊어질 듯 이어지고 있다는 점에서 아직도 확장할 여지가 많이 남아 있는 분야이다. 이 '약점 없이 완벽한' 면모가 왜 문제냐는 질문도 아직까지 유효하며, 평범한 여성, 더 나아가 모나거나 찌질한 여성 주인공이 늘어나는 것과 함께 발맞추어 갈 수도 있을 것이다. 한국 작품을 찾자면 『1999년생』, 『라비햄 폴리스』 등 1980년대 여성 만화가들의 SF 작품이 있었으며, 최근에는 듀나가 『아직은 신이 아니야』, 『민트의 세계』 등에서 다양한 여성 히어로를 중심에 두고 멀리 변화하는 인류를 그리고 있다. 이 책에 수록된 「눈물이 많은 거인들의 나라」를 이런 작품들과 놓고 읽어본다면 어떨까.

여성의 삶 그 자체

스페이스 오페라 계열과는 정반대로, 지금까지 거론한 작품들보다 더 현실에 밀착해 있는 작품군도 있다. 전혀 다른 맥락에 놓음으로써 독자에게 새롭게 보이는 것들이 있고, 처음부터 현실을 보여주는 것이 목적이라 할지라도 다른 배경으로 옮겨 놓아야만 가능한 이야기들도 있다. 이

기법은 최근 주류 문학에서도 간혹 쓰고 있어, SF를 거의 보지 않은 독자들에게 비교적 수월하게 다가감으로써 진입 장벽을 낮춰준다.

아직 국내에 소개되지는 않았지만 페미니즘 SF의 또 다른 고전으로 꼽히는 조애너 러스의 『Female Man』은 각기 다른 평행세계에 사는 네 명의 여성을 교차시키며 여성성이란 무엇인지를 묻고, 50여 년 뒤에 나온 조 월튼의 『나의 진짜 아이들』은 한 번의 선택을 분기점으로 갈라진 한 여성의 삶을 평행세계로 대비시켜 독자에게 여성의 삶을 생각하게 한다.

마지 피어시의 『시간의 경계에 선 여자』는 과학·기술이 발달한 미래로 정신적인 시간여행을 갈 수 있게 된 주인공을, 팻 머피의 『추락하는 여인』은 마야 유적에서 아주 오래전의 망령과 접하는 주인공을 통해 현실 여성의 삶을 다룬다. 양쪽 다 여성의 광기와 연결시킬 수 있는 작품이며, 읽기에 따라서는 육아와 희생에 대한 글로 읽을 수도 있다.

이 책에 수록된 「미지의 우주」와 「마더 메이킹」은 각기 다른 방식으로 육아와 모성을 다룬다. 이 두 작품은 때로 기술이 발달하고 우리가 갈 수 있는 곳이 멀어져도 같이 변화하지 못하고 사람을 얽매는 사회제도의 부조리를 선명하게 보여준다.

육아와 돌봄, 모성과 모녀관계에 초점을 맞춘다면 앞서도 거론한 낸시 크레스의 작품들을 김초엽의 「관내분실」과 함께 보아도 좋을 것이다. 은림의 「할머니 나무」는 나이가 들면 나무로 변하는 모계를 통해 가족과 여성을 다룬다. 입양을 SF에 담아낸 정소연의 「입적」, 할머니와 육아로봇을 다루는 윤이형의 「대니」도 좋다. 도리스 레싱의 『생존자의 회고록』은 다음 세대를 향한 노년 여성의 시선을 전혀 다른 방향에서 잡아낸다.

최근 단편집 『자신을 행성이라 생각한 여자』가 번역 출간된 반다나 싱은, 중산층 이상의 풍요를 누릴지는 몰라도 공고한 가부장제에 갇혀 고통받는 여성의 모습을 그리는 데 탁월하다. 다른 방향으로 중산층의 위선과 여성상에 대한 사회적 압박을 날카롭게 다룬 작품으로는 수전 팰위크의 「늑대 여자」를 함께 읽어보는 것도 재미있을 것이다.

숨차게 작품명을 열거했지만, 이 분야의 발전이 현재진행형이듯, 이 목록도 다양하게 변화하고 확장될 수 있을 것이다. 여기에 해마다 좋은 한국 작품도 계속 더해지리라 기대한다.

우리가 먼저 가볼게요
SF 허스토리 앤솔러지

2019년 5월 17일 초판 1쇄 펴냄
2019년 8월 5일 초판 2쇄 펴냄

지은이 김하율 dcdc 오정연 윤여경 이루카 이산화 이수현

펴낸이 최지영
펴낸곳 에디토리얼
등록 2018년 2월 7일 제25100-2018-000010호
주소 서울시 노원구 덕릉로79길 23, 103-1409
대표전화 02-996-9430 | **팩스** 0303-3447-9430 | **전자우편** editobooks2@gmail.com
홈페이지 www.editorialbooks.com | **페이스북** editorialbooox | **인스타그램** editorial.books

김하율, dcdc, 오정연, 윤여경, 이루카, 이산화 © 2019
ISBN 979-11-963506-6-6 03810

이 도서의 국립중앙도서관 출판예정도서목록(CIP)은 서지정보유통지원시스템 홈페이지
(http://seoji.nl.go.kr)와 국가자료종합목록시스템(http://www.nl.go.kr/kolisnet)에서 이용하실
수 있습니다. (CIP제어번호 : CIP2019012670)

김하율

이야기꾼이 되기 위해 오늘도 쓴다. 「바통」으로 2013년 실천문학 신인상 수상. 2015년 한국소설가협회 신예작가 선정. 2018년 한국문화예술 문학창작기금 선정. 「무서운 사람들」 「불량소녀 변태기」 「피도 눈물도 없이」 「가족의 발견」 「판다가 부러워」 등의 단편을 발표했다.

dcdc

영화배우 김꽃비의 팬. SF작가. 『무안만용 가르바니온』으로 제2회 SF어워드(2015) 장편소설 부문 대상, 작품집 『구미베어 살인사건』 『대통령 항문에 사보타지』 『월간주폭초인전』이 있다.

오정연

이야기를 쓰고 읽을 때 마음에 일어나는 변화가 늘 경이롭다. 제2회 한국과학문학상(2017) 가작 수상으로 SF작가가 되었고, 단편 「마지막 로그」, 「분향」을 발표했다.

이산화

디저트와 이상한 이야기를 좋아한다. 「증명된 사실」로 제5회 SF어워드(2018) 중단편 부문 우수상을 수상했으며, 이 작품을 표제작으로 한 작품집과 SF장편 『오류가 발생했습니다』를 발표했다.

이루카

서로 다른 '옳음'이 움직이는 방향에 관심이 많다. 중편 「독립의 오단계」로 제2회 한국과학문학상(2017) 가작을 수상했다. 단편 「김, 이, 박, 셋 중에 하나」를 발표했다.

윤여경

상상하는 모든 것엔 사랑이 필요하다. 황금가지 타임리프 공모 당선작 「러브 모노레일」, 제3회 한낙원과학소설상 「세 개의 시간」을 썼으며, 공저로 『장르의 장르』가 있다.

이수현

작가이자 번역가. 장편 『패러노말 마스터』를 썼으며, 『근방에 히어로가 너무 많사오니』 등 단편집에 참여했다. 어슐러 K. 르 귄의 대작 '헤인 연대기', 옥타비아 버틀러의 대표작품선 등 여러 SF 명저들을 번역한 작가이기도 하다.